12/19 OX | AB 1/24 | DI 9

To renew this book, phone 0845 1202811 or visit our website at www.libcat.oxfordshire.gov.uk (for both options you will need your library PIN number available from your library), or contact any Oxfordshire library

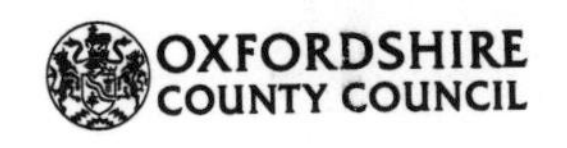

L017-64 (01/13)

La geisha et le joueur de banjo

JÉRÔME HALLIER

La geisha et le joueur de banjo

ROMAN

OXFORDSHIRE
COUNTY COUNCIL

3303510703	BFBA075957
BOOKS ASIA	05/11/2019
FRE FIC HAL	£15.92

Précédemment paru sous le titre :
Les portraits sonores du docteur Léon Azoulay

© ÉDITIONS FLAMMARION, 2018.
© VERSILIO, 2018.

Le Code de la propriété intellectuelle interdit les copies ou reproductions destinées à une utilisation collective. Toute représentation ou reproduction intégrale ou partielle faite par quelque procédé que ce soit, sans le consentement de l'auteur ou de ses ayants droit ou ayants cause, est illicite et constitue une contrefaçon sanctionnée par les articles L335-2 et suivants du Code de la propriété intellectuelle.

À mes parents.

Quand donc était-ce ? Sur le fleuve dans ce bateau de fête une femme avait dansé... dont je me souviens !

Takuboku ISHIKAWA

1

De ce discours dépendait le financement de son projet singulier. Le docteur Léon Azoulay voulait que chaque mot soit parfait pour convaincre les membres de la Société, y compris les plus réticents. Ceux-ci ne manqueraient pas de lui opposer une multitude d'arguments et de lui adresser mille questions.

Il avait une idée insolite.

Comment l'expliquer à une assemblée d'anthropologues sceptiques et de savants peu enclins à la nouveauté ?

Il se leva. Sa chaise grinça sur le plancher.

Il marchait en rond autour de son bureau débordant de livres et de papiers. Cela dura vingt minutes. Puis il s'arrêta net.

— J'ai trouvé.

Il nota les deux premières phrases de son discours :

« Mes chers collègues, dans cinq mois, nous basculerons dans un nouveau siècle. J'ai la sincère conviction que nous entrerons dans "l'ère nouvelle des sons et des bruits". »

*

* *

Des rires s'échappaient des cloisons de la maison de thé Shizu-chaya. Le capitaine Yoshikawa et ses amis festoyaient autour d'une table couverte de flacons d'alcool, leurs voix résonnaient dans la nuit moite de Kyoto.

En ce début de juillet 1899, les passants envahissaient les rues pour célébrer la fête de Gion. Les enfants couraient en direction des chars aux ornements somptueux et les promeneurs agitaient leurs éventails en flânant sur les rives de la Kamo.

Le capitaine Yoshikawa plaça sa coupe vide devant lui. O-haru la remplit aussitôt avec un geste lent révélant sa parfaite maîtrise de l'art des geishas. La manche de son kimono bleu foncé frôla le bras du capitaine. Il demanda qu'on leur joue du shamisen. O-haru ordonna à une servante de faire venir O-miya.

Peu de temps après, la porte coulissante de la pièce glissa subrepticement. Une jeune femme d'environ dix-sept ans apparut. Elle s'inclina. La simplicité de ses traits lui conférait une beauté douce. La seule imperfection de son visage était un grain de beauté presque invisible sur sa joue droite finement poudrée. Elle s'assit à quelques pas de la table et ajusta les cordes de son shamisen.

Elle était si discrète que les hommes continuaient à rire et à parler, sans la remarquer.

Elle frappa le plectre qu'elle tenait dans la main droite sur les cordes de l'instrument.

Un son grave s'éleva.

Les hommes se turent.

Les notes naissaient au fil d'un rythme lent, tissant un voile de musique dans la pièce.

Le chant d'O-miya se posa sur le son brut du shamisen :

Les herbes au bord de la rivière plient en silence,
Au passage de la barque qui s'en va.

Quand le plectre pinçait les cordes, la poitrine du capitaine Yoshikawa se serrait. Des éclats de la guerre sino-japonaise, portés par les notes du shamisen, lui revenaient en mémoire. Cette guerre lui avait laissé une longue cicatrice sur la jambe, et une plaie, quelque part, en lui, qui s'ouvrait parfois sur des images horribles.

O-miya interpréta trois morceaux.

— Pourriez-vous danser ? lui demanda un des hommes.

— Elle ne danse pas, coupa sec O-haru.

— Une geisha qui ne danse pas ?

— Elle chante et joue du shamisen, c'est suffisant.

O-miya se leva, s'inclina et quitta la pièce.

Le capitaine Yoshikawa annonça qu'il était temps de partir. Ils burent une dernière coupe et abandonnèrent sur la table les bouteilles vides et les cendriers pleins.

Devant la maison de thé, les geishas accompagnaient du regard les hôtes qui s'éloignaient dans la lueur rouge des lanternes de la rue étroite. La silhouette élancée du capitaine, boitant légèrement, se distinguait des autres. Un vent nocturne effleura le visage d'O-miya. Les ombres se fondirent dans l'obscurité.

*
* *

Thomas Stanley Wine, à qui on donnait dix-huit ans, vivait seul à Mount Airy, en Caroline du Nord. Tout le monde l'appelait Tommy.

Le jour, il manœuvrait un maillet à vapeur qui cassait la roche sur la carrière de granite.

Le soir, il faisait de la musique avec John Sutton, surnommé Johnny Fil de Fer.

Fil de Fer était grand, portait son pantalon bas sur les hanches et se dandinait en balançant son archet. Le banjo de Tommy et le violon de Fil de Fer sonnaient bien ensemble. Quand ils jouaient dans les rues de Mount Airy, les enfants riaient, les femmes rougissaient et les hommes tapaient du pied. Fil de Fer faisait danser et crier son violon. Tommy suivait avec son banjo et n'essayait pas de jouer plus fort. Seul, il était capable de décocher des notes folles, ses doigts couraient sur le manche du banjo comme des écureuils virevoltant dans les branches des grands pins. Mais, avec Fil de Fer et devant les autres, ses notes étaient sages.

Fil de Fer, avec son violon, était un funambule.

Tommy, avec son banjo, était un filet tendu pour le rattraper.

La rue centrale de Mount Airy était appelée « Main Street ». Les trottoirs poussiéreux bordaient une route en terre souvent boueuse après le passage des chevaux. Dans une rue perpendiculaire, coincé entre l'épicerie Bates et la boutique Lundy Clothing, se trouvait le Smoky

Mountain, un bar tenu par Jim Carson, dit Jim l'Ours. À l'intérieur, les murs étaient crasseux. Les tables étaient de simples tonneaux renversés. Un long comptoir parcourait la grande salle. Plusieurs soirs par semaine, Tommy et Fil de Fer jouaient sur une scène aménagée au fond. D'autres musiciens, habitués ou de passage, se joignaient à eux. Fil de Fer choisissait les morceaux et lançait les notes que les autres suivaient.

Il ne fallait pas contrarier Fil de Fer. Si un musicien voulait jouer un air qu'il n'aimait pas, il enrageait et menaçait de se battre. Avec l'alcool, il devenait brutal. Tommy devait trouver les mots pour le calmer et éviter les bagarres. Un soir, Fil de Fer avait écrasé son violon sur le front d'un ivrogne qui l'avait insulté. Il devait son surnom à son caractère difficile.

*

* *

O-miya avait été achetée par O-haru à l'âge de treize ans.

— Montre-moi comment tu danses.

La jeune fille avait fait quelques pas hésitants.

— Tu es jolie, mais que tu es mal dégourdie ! Chante un peu pour voir.

D'une voix timide elle bafouilla une comptine.

— C'est mieux. Tu apprendras la musique et le chant. Tu n'es pas faite pour danser.

O-miya avait d'abord été rebutée par l'aspect du shamisen. L'objet était constitué d'un fût en bois de forme carrée sur lequel étaient tendues deux peaux de chat, et d'un manche se terminant par une tête recourbée où étaient introduites les trois chevilles qui maintenaient les cordes. Il était facile de désassembler ces différentes parties pour transporter l'instrument. Le plectre utilisé pour frapper les cordes ressemblait à une feuille de ginkgo.

Au début, le son déplut à O-miya. Les notes qu'elle arrachait au shamisen étaient âcres. Les cordes sonnaient en hiver comme des grêlons et en été comme des bourdons. Cependant, elle s'exerça tous les jours, au point d'avoir le bout des doigts de la main gauche entaillé par les allées et venues sur les cordes. Avec le temps, les grêlons se changèrent en flocons et les bourdons en papillons. Après trois années de pratique, elle maîtrisait la totalité du répertoire du ko-uta, ou chant court, enseigné aux maikos, les apprenties geishas. En plus de la précision de son jeu, sa voix remarquable touchait tous ceux qui l'entendaient.

Les notes étaient écrites, la partition devait être respectée. Mais elle aimait accentuer un vibrato, pincer une corde plus fort, infléchir sa voix et appliquer d'autres nuances pour rendre chacun de ses morceaux unique.

La vie d'O-miya était encadrée. On lui avait enseigné avec fermeté comment contrôler ses gestes et se mouvoir avec élégance. On lui avait inculqué une façon de parler, de se vêtir, de se maquiller, de se coiffer. On avait choisi ses amants et ses protecteurs. Elle ne devait pas sortir de Gion, le quartier des maisons de thé de Kyoto. Elle n'était autorisée à se rendre que dans des endroits définis à l'avance. Il lui était défendu d'exprimer ouvertement ses pensées.

Aussi fins que des grains de sable, les fragments de liberté qu'offrait la musique étaient si précieux qu'elle impliquait tout son être dans cet art.

*

* *

Tommy possédait peu d'objets chez lui. Son banjo avait autrefois appartenu à son père. L'instrument était simple : cinq cordes, un manche sans ornements, un fût sur lequel était tendue une peau de chèvre. Tommy passait son temps libre à jouer, à écouter et à apprendre les airs des autres musiciens.

À la mort de son père, son seul parent, il était parti vers le nord. Il avait entendu parler de l'extraction de granite à Mount Airy où l'on embauchait des travailleurs pour casser la pierre. Il avait été engagé et s'était installé à l'est de la ville, près de la rivière Ararat. Chaque jour, il se rendait sur la carrière et transpirait sur la vaste étendue de roche blanche.

Son marteau à vapeur ressemblait à la machine défiée trente ans plus tôt par le fameux John Henry. Vers 1870, cet ancien esclave creusait des tunnels à travers la montagne pour une compagnie de chemin de fer. Un jour, l'exploitant décida qu'il fallait améliorer la productivité en remplaçant les ouvriers par des marteaux mécaniques. John Henry s'y opposa et réclama un duel entre lui et la machine. Le combat pour savoir qui briserait la plus grande quantité de roche dura une journée avant d'être remporté par l'homme. John Henry rentra chez lui, s'allongea sur son lit, et mourut, le soir même, son marteau à la main. Cette histoire était devenue le thème d'une chanson populaire :

Le capitaine dit à John Henry :
« J'entends les montagnes qui s'effondrent »
John Henry répondit au capitaine :
« Non, c'est le son de mon marteau porté par le vent »

À la fin d'une journée de travail, la main de Tommy qui maniait le marteau à vapeur était fourbue et recroquevillée. Ne pouvant plus bouger les doigts un par un, il les gardait serrés les uns contre les autres et frappait les cordes du banjo avec l'ongle de son index. Ceux qui l'observaient jouer ainsi disaient qu'il « griffait » ou qu'il « martelait » l'instrument.

*
* *

O-miya partageait sa chambre avec Wako, de deux ans sa cadette. Wako portait à son poignet un grelot attaché par un ruban de soie bleu. Elle ne s'en séparait jamais. Quand elle marchait, il émettait un tintement fluet. Sa peau avait la blancheur de la neige. Dans la hiérarchie de la maison de thé, elle était la petite sœur d'O-miya et devait la servir, l'aider à s'habiller ou à se coiffer. Wako n'était encore qu'une maiko. O-miya, en tant que grande sœur, veillait à ce qu'elle apprenne la grâce et les manières qui lui permettraient de devenir une geisha accomplie.

La nuit, avant de s'endormir, elles évoquaient à voix basse les soirées à la maison de thé. O-miya répétait :

— Les hommes sont étranges. Ils boivent pour oublier le passé, puis écoutent le shamisen pour s'en souvenir.

*

* *

Parfois, Tommy disparaissait. Son patron enrageait. On se demandait où il était. Il voyageait avec son banjo. Il partait loin, pendant plusieurs jours. Il s'enfonçait dans les Appalaches et suivait les sentiers de montagne en quête de musique. Il marchait le long des rivières pour découvrir de nouvelles manières de jouer et s'aventurait dans la forêt pour entendre de nouveaux sons. Pendant un périple vers le nord-est, il avait croisé près de Chestnut Creek un joueur de banjo qui vivait dans une baraque bâtie sur une terre humide parsemée de feuilles de galax. Ce musicien avait une façon particulière de toucher deux fois de suite la corde la plus aiguë avec le pouce de la main droite. Tommy s'était approché, l'avait observé et écouté. De retour à Mount Airy, il s'était exercé pour reproduire et introduire cette technique dans son jeu.

Il subtilisait ainsi une petite part de chaque musicien qu'il rencontrait.

*
* *

Fin juillet 1899, un client inconnu se présenta à la maison de thé. Il avait l'allure d'un homme de haut rang et le teint bronzé d'un pêcheur. Ses cheveux longs tombaient sur ses épaules. Il tenait une mallette rectangulaire. Il s'appelait Ryû Yamashiro, venait de Naha, des îles Ryūkyū, à l'extrême sud du Japon. De passage pour une nuit à Kyoto, il souhaitait se divertir dans un établissement renommé.

La maison de thé Shizu-chaya, gérée par O-haru, était l'une des plus réputées de Gion. Seuls les riches clients avaient le privilège de pouvoir y pénétrer. À l'extérieur, le bâtiment semblait quelconque. Une lampe discrète marquée d'un caractère chinois indiquait le nom du lieu. À l'intérieur, au rez-de-chaussée, les visiteurs patientaient dans un vestibule, à côté du bureau d'O-haru et du cabinet des geishas. Un escalier en bois laqué menait à l'unique étage composé de trois pièces principales : la chambre bleue, la chambre écarlate et la chambre des lumières. À chacune de ces salles était adjoint un petit espace, séparé par des cloisons en papier de riz, qui servait de scène pour les danseuses et les musiciennes.

Dans la chambre bleue était déployé un paravent représentant deux hérons se prélassant au bord d'une rivière.

Les murs de la chambre écarlate étaient peints en rouge vermillon. Sur l'un d'eux était accrochée une peinture sur rouleau qu'O-haru changeait au fil des saisons.

Dans la chambre des lumières, quatre lampes à pied en bois de santal éclairaient des tatamis brodés d'or.

O-haru guida Yamashiro jusqu'à la chambre écarlate. Les portes coulissantes s'ouvraient sur le jardin miniature logé en bas, au fond de la maison de thé. Le jeune homme s'assit en tailleur. Il fixa le reflet de la lune sur l'étang, troublé un instant par le dos d'une carpe frôlant la surface.

— Je souhaite me distraire au son du shamisen. Faites venir votre meilleure joueuse.

— Elle a malheureusement déjà un rendez-vous.

— Faites-la venir, s'il vous plaît. Je paierai le prix nécessaire.

— D'accord, mais vous devrez patienter.

— Je contemplerai la lune.

Une heure plus tard, la cloison de la chambre coulissa, une jeune femme s'inclina et salua :

— Je suis O-miya. Je suis enchantée de faire votre connaissance.

— Merci d'être venue. Je suis Yamashiro. Je suis honoré de votre présence.

Pendant qu'elle ajustait son instrument, elle sentait le regard de Yamashiro posé sur elle. Quand elle débuta, il ferma les yeux, le corps immobile, tout entier à l'écoute. Il demeura ainsi jusqu'à la fin du morceau.

— Vous êtes une joueuse habile. Mais vous êtes triste.

Elle tenta de dissimuler sa gêne avec un sourire de façade.

— Yamashiro-sama, je ne suis pas triste. Les notes sont tristes.

— Ah oui ? Pourriez-vous me jouer des notes joyeuses ?

Quelque peu irritée par cette mise au défi, elle entama une pièce rapide, connue pour accompagner les danseuses lors des représentations annuelles de Gion. Yamashiro écoutait attentivement, les paupières baissées. Après la dernière note, il plaisanta :

— Je perçois toujours de la tristesse. À moins que ce ne soit un peu d'agacement.

O-miya ne put contenir un air mécontent.

— Ne boudez pas. À mon tour de jouer.

Il tira de sa mallette un instrument qui dégageait une force animale. L'objet ressemblait à un shamisen, mais il comportait une peau de serpent. Le manche enduit de vernis noir luisait comme la carapace d'un scarabée. Il enfila sur son index un onglet en forme de griffe. La moue d'O-miya fut éteinte en un souffle par les notes chaudes s'envolant des mains du jeune homme. Tandis que les cordes vibraient, les pensées de la geisha voyageaient.

Yamashiro expliqua que son instrument, le sanshin, avait été introduit autrefois dans les îles du Sud par des marchands chinois :

— C'est l'ancêtre du shamisen.

— Mon shamisen vient donc de Chine ?

— Oui, il a traversé la mer du Japon, et les montagnes de Kyoto, il y a des siècles.

Leur discussion fut interrompue par l'entrée d'O-haru.

— Veuillez m'excuser de vous déranger. Yamashiro-sama, voici Wako. Elle vous tiendra compagnie pendant l'heure suivante.

Cela signifiait pour O-miya qu'elle devait se rendre dans la chambre bleue où un groupe d'hommes d'affaires avaient réclamé sa présence.

Elle s'inclina devant Yamashiro. Il fit de même :

— Au revoir. N'oublie pas de regarder au-delà des montagnes de Kyoto.

Wako s'assit près de lui en faisant tinter le grelot accroché à son poignet. Au moment de quitter la pièce, O-miya s'amusa du contraste entre la peau bronzée de Yamashiro et les mains blanches de Wako. Elle se courba encore et partit.

*
* *

Début août 1899, Tommy prit la route en direction du mont Pilot dont le sommet était reconnaissable entre tous avec sa falaise blanche et son capuchon de végétation. On racontait que plusieurs aventuriers avaient péri en voulant l'escalader. Tommy n'avait pas l'intention de se lancer dans une ascension périlleuse. Le but de son escapade était, comme toujours, la musique. Une rumeur disait qu'on entendait parfois, dans la forêt au sud du mont, un instrument mystérieux, au son limpide comme un ruisseau.

En chemin, il questionnait les gens :

— Auriez-vous croisé un musicien avec un instrument qui sonne comme l'eau ?

Les réponses étaient négatives, un petit vieux se moqua de lui :

— Non, mais je connais un gars dont les pets sonnent comme la boue !

Le troisième jour, en fin d'après-midi, il posa son sac loin du sentier, dans une clairière bordée de chênes blancs où flottait l'odeur du laurier de montagne. Il attrapa son banjo et entama l'air du *Chasseur de sarigue*. Les notes gambadaient autour de lui et partaient se faufiler entre les troncs et les branches. Bientôt il entendit un écho, d'autres notes, venues de la forêt. Il se leva et marcha vers elles. Plus il s'approchait de la source, plus il distinguait les notes. Elles ne ressemblaient à aucun son qu'il connaissait.

Un vieil homme noir était assis devant une modeste cabane, au pied d'un arbre millénaire. Il tenait dans ses mains un instrument à cordes ressemblant à une gourde en bois. La musique coulait, fluide et légère.

Tommy était maintenant à côté de l'homme qui jouait.

Les notes s'élevaient, gonflaient puis éclataient dans la lumière du crépuscule. La lune apparut dans le ciel. Les insectes de nuit commençaient à chanter. L'index du vieux musicien percuta l'une des cordes avec force pour permettre à la dernière note, grave, de vibrer.

L'homme alluma un feu. D'abord, il parla de son instrument. C'était une gourde en bois sur laquelle il avait fixé une peau, un bâton et trois cordes, tel qu'on le faisait de l'autre côté de l'océan, en Afrique. Cet objet était l'ancêtre du banjo. Puis, il parla de lui. Il s'appelait Lunsford Carter. Il avait été esclave sur un champ de coton. Il s'était enfui et caché ici.

— Vous n'étiez pas heureux sur la plantation ?

— Il ne faut pas croire ce qu'on dit. Les Noirs y sont traités pire que des animaux.

Il déposa quelques brindilles sur le feu.

— J'avais un fils. Il avait le même prénom que moi. On l'appelait Lunsford « Junior » Carter. C'était un gamin intelligent. On me l'a enlevé quand il avait dix ans. C'est comme ça là-bas.

Il fixait les flammes.

— Je l'ai cherché pendant des années avant d'apprendre trop tard qu'il écrivait dans un journal contre l'esclavage. À cause de ses articles, il avait été assassiné. Il devait avoir vingt-quatre ou vingt-cinq ans. Je n'ai jamais connu son visage d'homme et j'ai fini par oublier son visage d'enfant.

La musique remplaça ensuite les mots, ils jouèrent, plusieurs heures, jusqu'à ce que le feu s'essouffle.

— Je vais te montrer un dernier morceau qui n'existe que dans les Appalaches. C'est un air pour mon fils.

Lunsford attaqua avec un accord aigu et dégringola vers les graves. Ce morceau évoquait tour à tour une terre sèche frappée par le soleil, un bateau chahuté par la mer, une forêt pliée par le vent, un renard courant dans les herbes hautes, des hommes et des femmes travaillant dans les champs.

— Comment s'appelle cet air ?

— Il n'a pas de nom. À toi de lui en donner un.

Tommy s'allongea près des braises qui s'éteignaient et s'endormit. Le lendemain matin, il remercia Lunsford et promit de revenir pour qu'ils puissent jouer encore ensemble.

*
* *

O-miya ne trouvait pas le sommeil. Elle avait la peau moite. Dans la chambre, l'air était lourd. L'humidité s'était immiscée jusque dans les tatamis. On annonçait un typhon. On disait qu'il avait atteint les îles du Sud et se dirigeait vers l'ancienne capitale. Elle se tourna vers Wako :

— Petite Sœur ?

— Oui, Grande Sœur.

— Qu'y a-t-il au-delà des montagnes de Kyoto ?

— Le lac Biwa et, plus loin, la mer.

— Si je m'échappe de Gion pour aller voir la mer, tu viens avec moi ?

— Grande Sœur, pas besoin de vous échapper. Devenez une geisha célèbre de Kyoto, on vous invitera à Osaka ou à Kobe. Là-bas, on peut voir la mer.

— Une geisha qui ne danse pas peut-elle devenir une geisha reconnue ? Je ne peux même pas participer aux spectacles annuels pour me faire remarquer.

— Distinguez-vous grâce à la musique, devenez la meilleure musicienne !

— Il me faudrait pour cela un nouveau shamisen, avec un son unique. Le mien est trop commun.

— L'instrument de Yamashiro-sama avait une peau de serpent. Pourquoi ne pas en faire autant pour le vôtre ?

— Changer la peau... Je vais en discuter avec Kansuke le Borgne.

— Méfiez-vous, je n'aime pas trop ce vieillard.

— C'est pourtant un excellent luthier.

— Il me fait peur.

Avant de fermer les yeux, Wako avoua :

— L'autre jour, alors que je lavais le plancher, je vous ai vue danser, seule, dans la chambre.

— Petite Sœur ! Je te défends de m'espionner !

O-miya lui tourna le dos.

— Tout le monde sait que je ne danse pas.

*
* *

De retour à Mount Airy, Tommy convia Johnny Fil de Fer pour partager le morceau que Lunsford venait de lui apprendre. Sa maison, située au bord du sentier menant à la rivière Ararat, était une robuste cabane construite avec des rondins de chêne superposés les uns sur les autres. Sur les murs, l'espace entre les planches était colmaté avec un mélange d'argile et de chaux qui empêchait la chaleur de s'enfuir en hiver. Abandonnée avant qu'il ne s'y installe, la cabane n'avait qu'une porte et une fenêtre.

À l'extérieur, de la mousse grimpait sur une cheminée en pierre jusque sur le toit. Devant la façade, plusieurs chaises étaient disposées pour les musiciens de passage. Ils bavardaient là, leur instrument à portée de main.

— Alors, quels sons as-tu dénichés dans la montagne ?

Tommy empoigna son banjo. Il attaqua avec une note aiguë, en haut du manche, puis sa main bondit vers les graves. La suite du morceau remuait dans tous les sens. Fil de Fer saisit son violon et s'accrocha au train lancé à vive allure. Il fit sonner plusieurs fausses notes, trébucha. Il perdit le rythme, avant de le rattraper. Tommy jouait en boucle. Après une vingtaine de minutes, Fil de Fer avait assimilé la mélodie. Il fit un signe du regard. L'éclat de la dernière note fut suivi par un bref silence. Fil de Fer questionna aussitôt Tommy à propos du morceau. Où l'avait-il entendu ? Qui le lui avait enseigné ? Tommy restait vague dans ses réponses, il ne voulait pas révéler la cachette du vieil homme.

— Comment s'appelle cet air ?

— Euh... *Le Rêve de Lunsford*.

— On devrait le renommer *Le Rêve de Fil de Fer*.

— Pas question !

— J'ai pourtant un rêve qui mériterait un morceau : épouser Sally Ann Carson.

— Tu vas d'abord devoir convaincre leur père, Jim l'Ours. Ce vieux grincheux te chassera du Smoky Mountain s'il devine que tu as des vues sur une de ses filles.

Les trois sœurs venaient parfois les voir jouer dans les rues de Mount Airy. Elles portaient des grands paniers de linge et s'arrêtaient avant de continuer vers la rivière. Sally Ann était l'aînée. Avec ses boucles rousses, Tommy la trouvait jolie. Sally Ann ne s'arrêtait pas seulement pour écouter la musique. Elle regardait aussi le sourire de Tommy et ses yeux gris.

*

* *

O-miya informa O-haru qu'elle souhaitait faire ajuster son shamisen. Elle se rendit en pousse-pousse à l'atelier de Kansuke le Borgne. Le vieillard était le luthier le plus réputé de Kyoto. Il recevait des parties d'instruments cassés venant de tout le Japon, les réparait et les assemblait pour créer des objets uniques. Il combinait les manches, les chevilles, les fûts, les cordes. Il possédait des chevalets en ivoire, en os de tigre, en bambou, en bois de rose, en corne de buffle, en ébène, en fanon de baleine. Quand une pièce lui manquait, il demandait au meilleur artisan de la confectionner. Il excellait dans l'étape la plus difficile de l'assemblage, qui consistait à tendre la peau sur le fût en bois. Ses shamisens étaient appréciés par tous les musiciens du pays, il savait parfaitement adapter un instrument au jeu de son propriétaire.

O-miya entra dans l'atelier et s'assit sur le banc prévu pour les clients. Kansuke, accroupi sur le tatami, examinait un instrument avec son unique œil. Une vingtaine de shamisens étaient éparpillés, en désordre, par terre ou contre les murs. Certains avaient la peau déchirée, d'autres le manche cassé. Au bout d'un moment, le luthier remarqua la jeune femme.

— Que puis-je faire pour toi ?

— Bonjour Maître Kansuke, je souhaiterais une nouvelle peau pour mon shamisen.

— Entendu. Dépose-le là, devant, et reviens dans une semaine.

L'attention du vieillard retourna à son ouvrage.

— L'autre jour, continua O-miya, j'ai rencontré un homme des Ryūkyū qui jouait du sanshin.

— Instrument intéressant, quoiqu'un peu primaire.

— La peau fixée sur ce sanshin était celle d'un serpent. Si j'utilise une peau différente pour mon shamisen, pourrais-je en changer le son ?

— Tu veux une peau de serpent ?

— Non, cela se verrait.

— Et le timbre serait trop sauvage pour toi. Quel type de son voudrais-tu obtenir ?

— Un son comme aucun autre shamisen.

Kansuke réfléchit un instant.

— Je connais ta façon de jouer. Je sais que ta musique touche les cœurs. Je peux modifier ton instrument pour que ta musique pénètre plus encore l'âme des hommes. Je possède un fût avec une peau très rare que je peux combiner avec le manche et les cordes que tu utilises actuellement. Je le ferai à une condition. Tu ne dois pas me demander sa provenance.

Un vent léger secoua les portes de l'atelier.

— Pour que ma musique soit entendue au-delà des montagnes, il me faut cette peau.

— Je vais avoir besoin de temps, environ un mois. Tu peux emprunter un des shamisens près de la porte. Mais va-t'en vite. Le vent se lève, le typhon ne devrait pas tarder.

O-miya remercia Kansuke le Borgne, lui confia son instrument et attrapa un des shamisens désignés par le vieillard.

Le ciel s'assombrissait. Les rues de Gion étaient désertes. Le pousse-pousse pressa le pas pour rejoindre l'okiya, demeure où logeaient les geishas, à côté de la maison de thé. Les volets étaient fermés. Elle se précipita à l'intérieur. Dans la chambre, les cloisons tremblaient sous l'effet du vent qui s'engouffrait par à-coups. Une rafale extrêmement brutale frappa la ville. La demeure entière commença à vibrer. Le typhon arrivait en même temps que la fin de l'été.

2

Un gros colis fut livré rue des Vignes, à l'appartement parisien du docteur Léon Azoulay. Avec maintes précautions et une excitation stoïquement contenue, il ouvrit le paquet et déballa les différentes parties de l'objet. Ses lunettes ovales sur le nez, il consulta le mode d'emploi et assembla les pièces une à une. Sa fille de sept ans observait la scène. Le docteur Azoulay plaça l'engin bizarre sur un meuble carré prévu à cet effet. Il avait enfin en sa possession la merveille technique qu'il avait tant désirée : un phonographe.

Il avait dû batailler ferme pour convaincre ses collègues de la Société d'anthropologie de Paris afin qu'ils approuvent cette acquisition. Selon lui, il était vital de conserver les sons, les bruits, les musiques et les chants du monde. Quelques mois plus tôt, alors que la majorité des scientifiques soutenait que les documents imprimés étaient suffisants pour garder les traces des civilisations, il avait tenu un discours mémorable devant ses pairs :

« Il est de l'intérêt majeur de la science de ne pas laisser disparaître à tout jamais les manifestations vocales et musicales des divers peuples de la terre. On peut éviter cette perte, que nous regrettons tellement pour le passé, à l'aide du phonographe. »

Il voulait constituer une collection de phonogrammes de toutes les langues du monde afin de conserver celles qui étaient vouées à s'effacer à cause de la modernité. Son ambition était de créer un musée des sons de l'humanité.

Si fou soit-il, son projet fut validé. Il reçut un financement pour son lancement. Grâce au phonographe, son rêve pourrait se réaliser. Cette machine prodigieuse était capable d'écrire les sons sur des cylindres en cire et de les répéter à l'infini.

Il voulut tester son matériel sur-le-champ. Il sollicita son épouse :

— À mon signal, pouvez-vous jouer quelque chose au piano ?

Il actionna la manivelle. Elle entama une valse. À la fin du morceau, il changea le diaphragme de l'appareil et activa à nouveau la manivelle. L'air que sa femme venait d'interpréter était reproduit à l'identique. Le son diffusé par le pavillon en aluminium grésillait faiblement comparé aux modèles plus anciens qu'il avait pu expérimenter.

Quelle qualité, c'est fantastique ! Sur un cylindre je peux phonographier dix minutes de portrait sonore. J'en ai reçu cinq. Il va m'en falloir bien plus que ça.

Il demanda à sa fille de tourner la manivelle. Il prit la main de sa femme et l'invita à danser au son de la valse qui résonnait dans le salon.

La fenêtre était ouverte. Une feuille d'automne soufflée par le vent atterrit sur le parquet verni.

*

* *

La forêt était jaune et rouge, en mouvement. Tommy jouait du banjo devant sa cabane. Il aperçut une silhouette, une robe blanche, des cheveux roux. Sally Ann s'approchait en souriant, maintenant son chapeau avec la main pour éviter qu'il ne soit emporté par le vent d'octobre.

Elle apportait un message de Jim l'Ours :

— Mon père vous convie avec Fil de Fer au Smoky Mountain, samedi soir.

— Pourquoi ?

— Il veut vous présenter un musicien.

— Dans ce cas-là on ira, c'est sûr !

Elle patienta quelques secondes.

— Au revoir, Tommy.

— Au revoir.

Elle se tourna en direction de la ville et fit quelques pas.

— Sally Ann, reste un peu.

— Je dois rentrer.

— J'ai du café. Assieds-toi.

La tasse était chaude entre ses mains et l'odeur apaisante. Elle demanda à Tommy de jouer un morceau. Il choisit un air joyeux. Mais il fit plusieurs fausses notes et s'arrêta.

Ils restèrent ainsi un moment, l'un à côté de l'autre, enveloppés par l'automne. Sally Ann dit qu'elle devait s'en aller. Elle se leva en cherchant les yeux gris de Tommy. Ils étaient baissés. Elle partit.

Tommy commença à jouer un morceau. Il stoppa en plein milieu. Il essaya un autre morceau, ses doigts se figèrent avant le deuxième couplet. Un troisième morceau, quelques notes et sa main s'immobilisa.

Je n'ai même pas été fichu de lui jouer du banjo.

*

* *

Un mois après la tempête, Gion gardait les traces de la main invisible qui avait frappé Kyoto. On s'était empressé de rebâtir les demeures qui avaient été disloquées, on avait réparé les portes trouées et enlevé les arbres déracinés. Mais il restait des éclats sur les murs et des ouvertures dans les toitures. La végétation était défigurée. Des habitations et des familles avaient disparu.

La maison de thé Shizu-chaya avait résisté, de même que le dortoir des geishas, resté miraculeusement debout. Pendant le typhon, O-miya et Wako, serrées l'une contre l'autre, tremblantes, avaient cru plusieurs fois que la vieille structure en bois s'effondrerait. Quand la tempête avait atteint son paroxysme, O-miya avait pensé : *Je dois garder mon calme, rassurer Wako*.

Dans le pousse-pousse en route vers l'atelier de Kansuke le Borgne, O-miya voyait des chiens errants et des trous béants laissés par les arbres arrachés. Le marchand de patates douces traînait son chariot, annonçant son passage avec un chant lancinant.

Kansuke le Borgne était penché sur un instrument. O-miya salua et demanda si son shamisen était achevé.

— Oui, le voici. Il m'a donné du mal. La peau est âgée, le fût n'a pas été facile à restaurer. J'espère qu'il te conviendra.

Elle inspecta l'instrument, passa ses doigts sur la peau.

Un frisson la parcourut.

— Puis-je l'essayer ?

— Je t'en prie.

À vrai dire, le luthier était impatient de l'entendre jouer.

Elle pinça la première corde avec le plectre. Ce shamisen n'était pas comme les autres.

Il pleurait.

Chaque note coulait comme une larme.

*
* *

Le soir du samedi 14 octobre 1899, les volutes de fumée roulaient sous le plafond du Smoky Mountain. Tommy et Fil de Fer jouaient depuis des heures, accompagnés par d'autres musiciens. Un homme de petite taille discutait avec Jim l'Ours. Ses grandes oreilles étaient cachées par d'épaisses rouflaquettes. Il portait un pantalon large maintenu par des bretelles. Un étui à violon était posé à ses pieds.

— Voici donc les deux gars dont tu m'as parlé.

— Oui, tu en penses quoi ?

— C'est vrai qu'ils sont bons.

— Tu ne vas pas jouer avec eux ?

— Ils ne jouent pas assez vite.

Fil de Fer remarqua l'homme et son étui à violon.

— Hé, l'ami ! Tu viens au lieu de nous épier ?

— Du calme jeune homme, à qui ai-je affaire ?

— Johnny Fil de Fer, meilleur violoneux de Caroline du Nord.

— Jamais entendu ce nom-là.

— Et toi, qui es-tu ?

— Small Bill, meilleur violoneux de Virginie.

Le sang de Fil de Fer se mit à bouillir.

— Je te propose un défi. Nous allons jouer un air. D'abord lentement pour te permettre de saisir la mélodie, et ensuite de plus en plus vite. Celui qui décroche paie la note.

— D'accord gamin, on va voir qui a l'archet le plus rapide.

Small Bill grimpa sur la scène. Il accorda son violon. Au lieu de placer l'instrument entre son menton et son épaule, il le cala dans le creux de son bras.

Fil de Fer démarra le premier des deux couplets du *Rêve de Lunsford*.

Small Bill écoutait et battait du pied.

Dès la deuxième reprise, il se joignit aux musiciens avec un son puissant. Fil de Fer fut obligé de hausser le volume pour ne pas être étouffé par son adversaire. Bill jouait juste, une seule écoute lui avait suffi pour saisir toutes les notes.

À la troisième reprise, Fil de Fer augmenta la cadence. Bill suivait avec aisance. Les autres musiciens peinaient.

La cinquième reprise passée, la cadence était devenue intense. Seuls Tommy et son banjo n'avaient pas été décrochés par les deux violoneux. Tous observaient, en buvant et fumant, le spectacle incroyable des deux archets balancés à une vitesse folle.

À la septième reprise, le visage de Small Bill grimaçait. Des gouttes de sueur perlaient sur son front. La corde la plus aiguë du violon de Fil de Fer cassa. Il descendit d'une octave sans perdre le rythme. Les autres poussèrent des cris et applaudirent. Tommy s'arrêta de jouer. Cela n'avait plus de sens.

Il ne restait plus que les deux violoneux.

À la neuvième reprise, Small Bill craqua. L'archet jaillit de sa main et rebondit sur le sol pour atterrir devant la chaise de Fil de Fer qui le bloqua sous sa botte et fit rugir la dernière note.

L'histoire se répandit en Caroline du Nord et dans les États voisins. Bientôt, *Le Rêve de Lunsford* fut joué dans d'autres villes. Dès la fin d'octobre 1899, des musiciens de tous les horizons venaient le samedi soir au bar de Jim l'Ours pour défier Johnny Fil de Fer. Personne ne réussissait à le vaincre. Tous les violoneux qui l'affrontaient s'écroulaient lamentablement.

— Seul le Diable peut le battre, disait-on.

*

* *

À Gion, le temps s'était refroidi. L'hiver était en marche et tomberait bientôt sur Kyoto. Dans la maison de thé, O-miya se maquillait en appliquant du rouge sur sa lèvre du haut, évitant soigneusement celle du bas. O-haru ordonna :

— Nous avons un client important aujourd'hui. Monsieur le Comte Hirobumi Itô. Dépêche-toi.

O-miya était anxieuse à l'idée de jouer devant cet illustre personnage. Il avait été Premier ministre du Japon et avait instauré de grandes réformes pour moderniser le pays. Il demeurait un proche conseiller de l'empereur.

— J'y vais tout de suite.

— Monsieur, le Comte patiente dans la chambre bleue.

Hirobumi Itô approchait la soixantaine. Il portait un costume à l'occidentale. Son crâne était dégarni, une barbe grise couvrait ses lèvres et son menton.

— Bonsoir, Monsieur le Comte.

O-miya n'osait pas lever les yeux.

— Bonsoir. On ne m'a pas menti. Vous êtes ravissante.

— Vous me flattez, Monsieur le Comte.

Elle prit un air gêné. Il poussa un rire aigu et reprit avec sérieux :

— Je suis venu pour vous entendre jouer, alors je vous en prie, commencez.

Elle s'exécuta. Le shamisen assemblé par Kansuke le Borgne était capricieux, difficile à accorder. Voyant que cela prenait du temps, le comte devint perplexe.

O-miya entama un chant lent, soutenu par des notes graves qui, une à une, dissipèrent les doutes de l'ancien Premier ministre. Captivé par la musique, il fut submergé par une vague de souvenirs. Il se voyait étudiant à Londres, débattant avec ses amis à propos de l'avenir du Japon, rêvant d'en faire l'égal des puissances européennes. Sa jeunesse était perdue, mais les notes claires du shamisen venaient lui murmurer à l'oreille que son rêve était intact.

— Continuez.

Il buvait paisiblement et écoutait.

— Pouvez-vous aussi danser ?

O-miya, embarrassée, répondit :

— Désolée, je préférerais pas, je ne suis pas douée pour la danse.

Il rit de bon cœur.

— Je crois que j'ai trop bu, je vais rentrer.

Dans le vestibule, O-miya aida l'homme titubant à enfiler son manteau. Elle lui tendit son chapeau et s'inclina profondément. Les geishas rassemblées dans le couloir l'imitèrent. L'ancien Premier ministre s'adressa à elles en hoquetant :

— Merci pour votre accueil. J'ai passé une excellente soirée.

Il monta dans le pousse-pousse et lança en direction d'O-miya :

— Vous êtes la meilleure musicienne de Gion, cela ne fait aucun doute. À très bientôt.

Les geishas s'inclinèrent à nouveau. Quand elles se redressèrent, le pousse-pousse s'enfonçait dans la nuit.

Les semaines suivantes, les paroles du comte Itô circulèrent de bouche à oreille dans les quartiers de Kyoto. La réputation d'O-miya grandissait et les riches visiteurs se pressaient à la maison de thé Shizu-chaya pour l'entendre jouer. O-haru en profita pour augmenter les tarifs de son établissement.

En décembre 1899, O-miya fut invitée à un banquet organisé par des entrepreneurs d'Osaka, elle découvrit l'animation de la cité marchande. Elle fut aussi conviée à un déjeuner dans le port de Kobe, à l'intérieur d'un bâtiment en brique édifié par des architectes européens.

Le restaurant avait vue sur la mer.

3

Le docteur Léon Azoulay marchait sur le boulevard Poissonnière. Le vent hivernal piquait son visage. Il longea l'immeuble du journal *Le Matin*, dépassa le théâtre Parisiana et entra dans une boutique. Sur la devanture, on pouvait lire :

La Fauvette
Vente de machines parlantes
et de cylindres artistiques

Dans le magasin, divers appareils destinés à la réalisation de portraits sonores étaient exposés : des phonographes Edison en acajou décorés de motifs fleuris, des graphophones de Pathé, des engins à trois pavillons et des petits modèles pour enfants.

Le commerçant, tout sourire, le salua :

— Bonjour, Monsieur, que puis-je pour vous ?

— Je souhaiterais acheter des cylindres en cire pour mon phonographe Edison, modèle standard.

— Excellent dispositif, Monsieur.

— En effet, j'en suis fort satisfait.

— Combien de cylindres désirez-vous ? Si je puis me permettre, nous proposons un prix réduit si vous en achetez plus de cinq.

— Il m'en faudrait plus que ça.

— Pour dix cylindres, le prix est encore plus avantageux !

— J'en voudrais cinq cents.

Le vendeur écarquilla les yeux :

— Cinq cents ? Ai-je bien entendu ?

— Oui, il me les faut absolument avant avril.

Paniqué, l'homme se plongea dans la consultation d'un épais registre.

— D'habitude nos clients ne nous en demandent pas autant...

Il tournait les pages frénétiquement.

— Voyons voir...

Quand il fut certain d'avoir bien lu les délais de livraison, il déclara fièrement :

— Monsieur, vous serez livré à temps.

Après avoir rempli le bon de commande, le vendeur questionna :

— Pardonnez mon indiscrétion, mais qu'allez-vous faire de tous ces cylindres ?

Léon Azoulay sourit, ses yeux pétillaient derrière ses lunettes.

— Je vais rendre éternelles toutes les musiques du monde.

*
* *

La nuit du samedi 20 janvier 1900, les rues enneigées de Mount Airy étaient sinistres et vides. La température était descendue en dessous de moins cinq degrés.

Les fenêtres du Smoky Mountain projetaient leur lumière au dehors. À l'intérieur, une dizaine de musiciens, moins que d'habitude, à cause du froid, buvaient pour se réchauffer. Comme tous les samedis, Fil de Fer défiait quiconque voulait se mesurer à la vélocité de son archet. Tommy l'accompagnait, même si ces joutes musicales ne lui plaisaient guère. Il aurait préféré jouer et apprendre de nouveaux airs mais Fil de Fer était obnubilé par la vitesse. Les soirs de duels, la musique perdait son caractère festif pour devenir une bataille sans merci. Fil de Fer, invaincu, voulait affronter toujours plus d'adversaires. Il prenait plaisir à ridiculiser ses rivaux. Tous avaient flanché devant lui, même d'illustres violoneux comme John Frenchman ou Melvin Cider. Pour le patron du bar, ces duels étaient une aubaine car ils attiraient les curieux. Néanmoins il s'inquiétait de voir l'ambiance se dégrader. Les clients ne venaient plus pour écouter de la musique, mais pour voir un combat.

Fil de Fer guettait sa prochaine victime en buvant un whisky.

L'horloge indiquait minuit. Un homme vêtu d'un long manteau poussa la porte. Il tapota la neige sur ses épaules. Il tenait un étui à violon. Il accrocha son chapeau et ses affaires sur un des crochets à l'entrée. Son gilet en velours rouge était sobrement ajusté, la chaîne d'une montre pendait du gousset jusqu'à la boutonnière. Ses cheveux gris étaient peignés en arrière. Des rides marquaient le coin de ses yeux noirs. Sa moustache était taillée en pointe. Tous les regards portés sur lui, il plaça son étui à violon sur le comptoir. Sa main gauche était mutilée, son annulaire et son petit doigt avaient été sectionnés.

Jim l'Ours demanda :

— Qu'est-ce que je vous sers ?

— Rien pour l'instant. Je n'ai pas de monnaie.

— Je ne vois pas ce que vous faites ici alors.

— Ne vous inquiétez pas. Le violoneux là-bas va payer pour moi.

Il pointa du doigt Fil de Fer. Celui-ci rétorqua :

— Encore un qui se croit meilleur que moi. Qui es-tu ?

— Benjamin Flammes Carpenter.

Un lourd silence s'abattit sur la salle. On entendait presque les flocons de neige s'écraser sur les vitres.

Tout le monde connaissait ce nom. Plusieurs histoires circulaient au sujet de Benjamin Flammes. Certaines affirmaient que son violon s'était enflammé lors d'un concert. D'autres disaient qu'il avait vendu son âme au Diable en échange d'une maîtrise hors du commun de l'instrument.

Il actionna l'ouverture de son étui.

Son violon était de couleur ocre rouge.

Fil de Fer était surexcité.

Tommy et les autres musiciens étaient partagés entre l'impatience et l'inquiétude de participer à un tel duel.

— Pas besoin d'accorder.

Benjamin Flammes fit exploser les notes du *Rêve de Lunsford*.

La mélodie se débattait avec folie, comme une bête. Fil de Fer, puis Tommy s'accrochèrent à cette locomotive. Pour les autres, impossible de sauter dans ce train en marche, ils furent lâchés avant même d'avoir pu placer une note.

Après deux reprises, Flammes fit chuter le volume de son instrument, enchaînant des accords à la rapidité d'une rivière bondissant entre les rochers. Les notes giclaient, crépitaient, volaient.

Fil de Fer suivait, incapable de prendre le contrôle. Il fut saisi par le doute.

Tommy, les yeux à moitié fermés, se laissait porter.

Les autres écoutaient, le souffle coupé.

Les notes se déversaient tel un torrent gigantesque mené par la main de Benjamin Flammes. Le banjo de Tommy voguait sur ces flots. Le violon de Fil de Fer, ballotté, se heurtait aux rocs et suffoquait. Une dernière accélération le balaya.

Fil de Fer releva son archet, vaincu.

Benjamin Flammes continuait. Tommy accompagnait ce déferlement musical. Bientôt, avec douceur, il l'orienta. Le violon s'apaisa. Emmené par le banjo, le cours d'eau enragé se changea en un fleuve majestueux, traversant de vastes plaines, qui mourut, à la dernière reprise, dans une mer de silence.

Fil de Fer rangea son violon.

Benjamin Flammes lança à Jim l'Ours :

— Deux whiskys. Un pour moi, l'autre pour le Kid au banjo. Généreusement offerts par Fil de Fer.

— Oui, mets ça sur ma note, soupira le vaincu en marchant vers la sortie.

Tommy s'apprêtait à partir pour réconforter son ami, mais Benjamin Flammes l'arrêta :

— Ravi de faire ta connaissance, Tommy.

— Vous connaissez mon nom ?

— Toi et Fil de Fer êtes plutôt connus dans le coin, grâce au *Rêve de Lunsford*. C'est un bon morceau. Le meilleur que j'ai entendu depuis longtemps. Il est de toi ?

— Non. C'est un ami qui me l'a appris. Un ancien esclave. Il l'a composé pour son fils assassiné.

— Triste histoire. À la santé de ton ami.

Flammes leva son verre.

Il continua :

— Je cherche un musicien de ta trempe. Personne n'a jamais été capable de m'accompagner comme toi ce soir. Quitte Mount Airy et viens jouer avec moi.

Tommy crut d'abord à une plaisanterie. Flammes le regardait avec sérieux.

— Vous voulez que je joue avec vous ?

— Oui.

— C'est insensé ce que vous me demandez !

— Si tu veux rester toute ta vie dans ce trou pourri, très bien. Mais je t'offre une chance de me suivre.

— Où ça ?

— À New York.

Dans l'esprit de Tommy, cette ville était démesurée, bruyante.

— Et mon travail à la carrière ? Et mon duo avec Fil de Fer ?

— Tu auras un toit et un salaire. En échange, tu me suivras avec ton banjo partout où je jouerai.

Tommy but son whisky cul sec.

— Je ne peux pas partir comme ça.

Benjamin Flammes regarda sa montre.

— Tu as la nuit pour réfléchir. Donne-moi ta réponse demain matin à huit heures, je serai au Main Street Hotel.

Les clients observèrent l'homme au long manteau quitter le Smoky Mountain. Au moment où la porte se referma derrière lui, ils se ruèrent vers Tommy et demandèrent de quoi ils avaient discuté.

— De pas grand-chose, de Mount Airy, de musique...

Tommy, abasourdi par ce qui venait de se passer, sortit, dans le froid, pour se réveiller, pour être sûr qu'il ne rêvait pas.

Le lendemain matin il arriva bien avant huit heures à l'hôtel. Son teint pâle traduisait un sommeil troublé par la réflexion et l'excitation. Quand Benjamin Flammes déboucha en haut de l'escalier principal, Tommy s'avança vers lui. Sans même prononcer un bonjour, il s'empressa de dire :

— Je viens !

— Bonne décision.

— J'ai besoin de quelques jours pour préparer mes affaires.

— Retrouve-moi à New York, disons, dans deux semaines.

Flammes tendit un bout de papier sale où était notée une adresse : « 66, Bowery ». Il sortit de sa poche plusieurs billets.

— Voici une avance sur ton salaire. Avec ça tu devrais pouvoir te payer le voyage en train.
— Merci, Monsieur Flammes.
— On se revoit à New York. Salut, Kid.

*
* *

Dans son bureau, O-haru fumait du tabac avec une longue pipe.
— J'écoute votre requête, Capitaine.
— Je suis venu sur ordre de Monsieur le Comte Itô.
— Que désire Monsieur le Comte ?
— O-miya doit se rendre à Tokyo pour une période indéfinie.
— Comme vous le savez, O-miya est une des geishas les plus appréciées de Gion. Elle est indispensable à notre maison et de plus elle n'a pas fini de payer sa dette envers l'okiya. Je comprends le souhait de Monsieur le Comte, cependant je dois refuser.
— Monsieur le Comte a prévu une compensation financière conséquente.
— C'est très aimable mais des geishas comme O-miya font notre réputation. C'est un joyau dont nous ne pouvons pas nous séparer. Je suis profondément désolée, j'espère que Monsieur le Comte comprendra mon refus.
Le capitaine Yoshikawa insista :
— Je connais votre attachement à O-miya. Mais vous n'avez pas le choix. Je repasserai dans deux semaines pour l'emmener à Tokyo. Tout lui sera fourni, elle n'a besoin d'emporter que le strict nécessaire. Laissez-la partir pour le bien

de votre maison. Voici la lettre de Monsieur le Comte avec les détails pratiques et financiers. Je vais maintenant m'entretenir avec O-miya. Veuillez lire ce papier et appliquer votre sceau pendant ce temps.

— Quand reviendra-t-elle ?

— Dans un mois ou une année.

O-haru, irritée, savait qu'elle ne pouvait pas résister face à la volonté d'un homme si haut placé. Elle répliqua sèchement :

— Puisque je n'ai pas le choix, je vais étudier la lettre de Monsieur le Comte. O-miya est dans la chambre des lumières.

Le capitaine Yoshikawa se leva avec difficulté à cause de sa jambe engourdie. Il n'avait pas revu O-miya depuis la fête de Gion. Sa voix douce chantait parfois un air triste dans sa mémoire.

Le sang cognait contre ses tempes quand il entra dans la pièce. O-miya esquissa un sourire qu'elle oublia de cacher avec la manche de son kimono. Elle était heureuse de le revoir. Il lutta pour ne pas lui rendre un sourire et expliqua la raison de sa venue. Il récita sur un ton laconique les détails de la requête du comte Itô.

O-miya posa une main sur le tatami pour ne pas vaciller.

— C'est donc pour m'apprendre cela que vous êtes revenu ?

— Oui.

— J'ai cru que c'était pour me revoir.

— Non, je suis en visite officielle.

Une larme amorçait sa descente sur la joue de la geisha.

— Vous n'êtes que le messager du comte et je ne suis qu'une idiote. Vous savez qu'il va m'emprisonner dans une de ses résidences secondaires et m'isoler du monde. Je vais devoir quitter Wako. Je ne verrai plus personne. Comment pouvez-vous m'annoncer cela aussi froidement ?

— Vos sentiments et mes sentiments n'ont pas d'importance. C'est un ordre, vous devez l'exécuter. Dans deux semaines, nous partirons ensemble pour Tokyo. Soyez prête. N'oubliez pas votre shamisen.

O-miya s'effondra, le visage enfoui dans les manches mouillées de son kimono. Alors qu'elle venait d'entrevoir le monde à l'extérieur de Gion, voilà qu'on voulait l'enfermer dans une prison dorée, loin de Wako.

Aucune émotion ne se dessinait sur le visage du capitaine Yoshikawa. Il quitta la chambre des lumières.

Il repartit vers Tokyo le jour même. Dans la poche intérieure de son manteau se trouvait la lettre tamponnée du sceau de la maison de thé Shizu-chaya.

*
* *

Ce dimanche matin de février 1900, le sommet du mont Pilot était enneigé. Le ciel était dégagé. L'eau de la rivière Ararat, translucide, coulait calmement. Alors que les autres oiseaux demeuraient silencieux, les mésanges bravaient le froid en chantant. Tommy ne savait pas comment annoncer la nouvelle de son départ à Fil de Fer assis face à lui. Ils jouèrent l'air du *Matin gelé*.

— J'ai quelque chose à te dire.
— Je n'aime pas ce ton grave.
— Demain, je quitte Mount Airy.
— Encore une de tes escapades ?
— Non, cette fois, je ne rentre pas.
— C'est une blague ?
— Je suis sérieux.
— Tu ne peux pas nous abandonner comme ça.
— J'ai bien réfléchi. Je pars.
— Comment vais-je faire sans toi pour m'accompagner ?
— Je suis désolé, Johnny, je dois partir pour apprendre.
— Et où vas-tu aller ?
— À New York.
— C'est absurde ! Que va faire un pauvre gars de Caroline du Nord, tout seul, dans cette ville ? Tu vas te faire piétiner. Les gens vont te mépriser. Ils vont cracher sur ta musique.
— Je ne serai pas seul.
— Ah oui ? Qui sera avec toi ?
— Benjamin Flammes.
— Quoi !

En entendant le nom du violoneux qui l'avait humilié, Fil de Fer entra dans une colère folle. Il attrapa le banjo de Tommy par le manche, le brandit dans les airs.

— Sale traître !
— Arrête ! Repose mon banjo !

De toutes ses forces, Fil de Fer fracassa l'instrument sur le sol.

Le manche éclata. Le chevalet sauta, les cordes volèrent.

Tommy, les yeux rivés sur le banjo éparpillé, ne put esquiver le poing de Fil de Fer. Il chuta, tenta de se relever mais resta cloué par terre.

Fil de Fer jaillit hors de la cabane et fit valdinguer les chaises d'un coup de pied.

*

* *

Les affaires d'O-miya étaient regroupées dans trois malles en bambou. Le capitaine Yoshikawa viendrait la chercher le lendemain matin. Elle était éreintée à cause des préparatifs du voyage et sombra dans un sommeil tourmenté.

À côté d'elle, Wako était éveillée. L'après-midi, elle avait été convoquée par O-haru, furieuse :

— O-miya ne partira pas d'ici. Tu dois m'aider.

Elle avait tendu un maillet à Wako :

— J'ai emprunté cet outil à Kansuke le Borgne. Cette nuit, pendant qu'O-miya dormira, tu lui briseras la cheville. Elle sera obligée de rester ici. On prétendra qu'elle a chuté dans l'escalier.

— Je ne peux pas faire ça.

— Fais-le ou tu seras punie.

*

* *

Tommy était avachi sur le comptoir du Smoky Mountain, cinq verres vides devant lui. Il en réclama un autre.

— Je n'ai pas l'habitude de te voir dans cet état.

— C'est à cause de Fil de Fer.

Tommy révéla à Jim l'Ours la proposition de Benjamin Flammes, son départ prévu le lendemain et la colère de Fil de Fer. Il soupira :

— Je ne suis rien sans banjo.

— Je peux arranger ça.

Le patron du bar s'éclipsa dans l'arrière-boutique. Tommy entendit le bruit de lourdes caisses déplacées et la voix de Jim grommeler :

— Bon sang, où est-il ?

Des bouteilles s'entrechoquaient et des objets en métal tombaient sur le sol.

— Je l'ai !

Il sortit du débarras, le visage en sueur. Il tenait dans ses mains un banjo crasseux, auquel il manquait trois cordes. La peau était sale et détendue. Il plaça l'objet sur le comptoir, devant Tommy.

— Prends-le.

Tommy saisit l'instrument avec précaution. Il souffla sur le manche recouvert de poussière. Une incrustation en nacre, en forme d'étoile, apparut sur le cinquième fret. Il frotta le reste du manche avec sa chemise, révélant d'autres étoiles. Il retourna le banjo, une inscription était gravée à l'intérieur du fût. Certaines lettres étaient à peine lisibles, il déchiffra :

— « Étoile du Nord ».

— C'est son nom. Les sept étoiles représentent la constellation de la Grande Ourse. Je trimbalais ce banjo avec moi quand j'étais dans les confédérés.

— Je ne savais pas que tu avais combattu, ni que tu jouais du banjo.

— Je n'aime pas parler de cette boucherie. Après la guerre civile, je n'ai plus touché à Étoile du Nord. Trop de mauvais souvenirs.

— Je vais le retaper.

— Ne perds pas de temps. Rentre préparer tes affaires. Demain je vais à Greensboro pour acheter des vêtements à mes filles. J'emmène Sally Ann. Viens avec nous. On part au petit matin, à six heures. On arrivera en fin d'après-midi. Tu pourras grimper dans un train.

*
* *

Wako serrait le maillet dans sa main. Elle écoutait la respiration lente d'O-miya endormie. Elle sortit de son futon, tel un chat. Elle s'agenouilla près des pieds de sa grande sœur et releva le bas de la couverture.

Elle leva la masse, sa main tremblait.

Soudain, O-miya s'exclama :

— N'aie pas peur... la tempête...

Elle rêvait du typhon qui avait dévasté Gion.

Le maillet tomba avec un bruit sec.

Wako l'avait laissé choir à quelques centimètres de la cheville de son aînée.

Le lendemain matin, à sept heures, une calèche emportait O-miya, ses trois malles et son shamisen vers la gare de Kyoto. Le capitaine Yoshikawa, impassible, l'accompagnait. Avant de partir, elle avait longuement appuyé sa joue contre celle de Wako. O-haru était restée enfermée dans son bureau.

Pendant que la calèche s'éloignait de Gion, Wako subissait la colère d'O-haru :

— Pourquoi m'as-tu désobéi, idiote ?

— O-miya est ma grande sœur. Je ne peux pas lui faire de mal.

— C'est une catastrophe pour notre maison !

— Pardonnez-moi.

— Je t'avais prévenue. Je vais te punir.

*

* *

Jim l'Ours tenait les rênes de la charrette qui se dirigeait vers Greensboro. Quand ils étaient partis, tôt le matin, les rues de Mount Airy étaient désertes. Le patron du bar observait le ciel, il craignait la neige. Sally Ann, emmitouflée dans une épaisse couverture, était assise entre son père et Tommy qui manquait de sommeil. Elle ne prononça pas un mot pendant les soixante-cinq miles séparant les deux villes. Tommy imaginait la musique dans les rues de New York. Sally Ann scrutait tristement la forêt.

En fin d'après-midi, ils arrivèrent à la gare de Greensboro, un bâtiment de deux étages en brique rouge avec, dans un angle, une tourelle à toit conique. Un train était à quai. Les voyageurs embarquaient.

— Nous y sommes.

— Merci, Vieux Jim.

Tommy bondit hors de la charrette. Il saisit son gros sac en toile, le balança sur son épaule et attrapa Étoile du Nord. Sally Ann le suivit.

La locomotive crachait de la fumée noire, impatiente de partir.

— Un ticket pour New York.

— Dépêche-toi, fiston, le train va démarrer.

Sur le quai, il neigeait. Sally Ann demanda :

— Vas-tu revenir ?

— Oui.

— Quand ?

— Je ne sais pas.

— Prends ça avec toi.

Elle lui tendit une petite pochette en tissu, fermée par un nœud.

— Pour te porter chance.

La locomotive siffla plusieurs fois. Le train entamait sa marche.

Tommy sauta dans le wagon le plus proche. Il se pencha pour regarder Sally Ann, lui fit un signe de la main. Il vit le mouvement de ses lèvres mais les mots qu'elle prononça furent étouffés par les flocons de neige.

*

* *

L'arrivée du train à Tokyo était prévue à vingt-deux heures. Dans le compartiment de première classe, O-miya et le capitaine Yoshikawa avaient pris place sur des banquettes capitonnées en velours bordeaux. Au-dessus d'eux, des miroirs incrustés dans du bois d'acajou reflétaient la lumière du soleil couchant.

O-miya ne parlait pas. Le capitaine Yoshikawa avait plusieurs fois tenté de lancer la conversation, sans succès, et n'avait pas insisté.

Il remarqua qu'elle frissonnait. Il réclama une couverture à l'un des boys en uniforme. Le garçon apporta une étoffe en laine ainsi qu'un chauffe-pieds en zinc rempli d'eau bouillante.

— Essayez de dormir un peu, conseilla Yoshikawa.

O-miya détourna les yeux vers la fenêtre. La nuit déposait son voile étoilé sur la montagne et la forêt.

Au moment d'aborder un pont, le train freina brusquement. Il émit un cri strident et s'arrêta un instant avant de redémarrer. Le crissement provoqué par le freinage de la locomotive rappela un son affreux au capitaine Yoshikawa : celui du mât de son navire, la canonnière *Akagi*, s'effondrant sous les tirs ennemis.

Il se souvenait exactement du déroulement de la bataille.

C'était en 1894, pendant la guerre contre la Chine. L'*Akagi* protégeait le flanc de la flotte impériale qui manœuvrait dans le golfe de Corée. Yoshikawa, alors sous-lieutenant, avait d'abord entendu la sirène, avant de distinguer la silhouette du *Laiyuan*. L'énorme cuirassé chinois faisait bien quatre fois la taille de la canonnière japonaise.

L'*Akagi* ouvrit les hostilités par un tir de canon. Aux jumelles, Yoshikawa put apercevoir des flammes naître sur le croiseur chinois. Mais le *Laiyuan* répliqua. Une salve titanesque frappa l'*Akagi*. Le pont explosa, et avec lui le corps du capitaine Sakamoto. Son remplaçant, le lieutenant Satô, n'eut pas le temps de crier ses ordres. Le *Laiyuan* déclencha une seconde salve qui déchira le mât de l'*Akagi* et brisa le cou du lieutenant.

Les oreilles de Yoshikawa sifflaient, ses mains tremblaient d'horreur et d'impuissance. Un matelot hurla :

— Sous-lieutenant Yoshikawa ! Vous devez commander l'*Akagi* !

Le *Laiyuan* lâcha une troisième salve.

Un débris métallique arracha la moitié du visage du matelot. Autour de Yoshikawa des éclats d'acier giclèrent. Un bout de ferraille s'enfonça dans sa jambe. Il cria de douleur. Puis il se mit à crier des ordres. Il devait empêcher le navire de sombrer.

Par chance, l'incendie engendré par l'unique offensive de l'*Akagi* s'était propagé sur le *Laiyuan*, ce qui l'immobilisa. Yoshikawa en profita pour ordonner la retraite. La canonnière échappa à son ennemi et réussit à regagner la flotte impériale malgré les immenses dégâts subis.

Après la guerre, la résistance héroïque de l'*Akagi* et le sang-froid du sous-lieutenant Yoshikawa furent loués par les autorités. Il quitta ses fonctions en mer à cause de sa jambe blessée, mais il fut nommé capitaine et poursuivit sa carrière dans les bureaux de l'état-major.

O-miya dormait. La couverture posée sur ses épaules avait glissé. Le capitaine Yoshikawa la remonta.

Dans deux heures, le train entrerait en gare de Tokyo.

Il ferma les yeux.

*

* *

Dans le wagon de troisième classe, sans compartiments, on fit pivoter les sièges pour les utiliser comme lits. Les couches étaient superposées, tirer un simple rideau était l'unique moyen de s'isoler des autres voyageurs.

Le train allait lentement. Avant d'atteindre le terminus, New York, il ferait étape à Petersburg, Richmond, Baltimore et Philadelphie. Tommy était constamment réveillé par les ronflements de ses voisins. Ses pensées divaguaient.

Ai-je fait le bon choix ?

Au fur et à mesure que le train avançait dans la nuit, son esprit s'emplissait de doutes.

*
* *

Une calèche tirée par deux chevaux emmenait le capitaine et la geisha le long de la grande avenue de Ginza. O-miya souriait enfin, émerveillée par les lampadaires électriques illuminant les façades des magasins et des cafés. Un tramway frayait sa route au milieu des pousse-pousse. Ils dépassèrent la boutique Hattori dominée par une tour et sa grande horloge.

Ils arrivèrent à l'Hôtel Impérial, un édifice majestueux bâti dans le style français du Second Empire. O-miya fut conduite jusqu'à sa chambre par le capitaine Yoshikawa et le concierge de l'hôtel. En chemin, ils croisèrent des femmes en robe de soirée portant des bijoux aux doigts et au cou. Ils virent un salon aux murs ornés de papillons peints, des petites chaises à bascule sur un plancher laqué et des grandes armoires aux portes vitrées.

Dans la chambre, les trois malles et le shamisen d'O-miya avait été déposés près du lit. Elle fut impressionnée par les imposants rideaux qui décoraient les hautes fenêtres.

Elle adressa la parole au capitaine Yoshikawa :

— Vais-je bientôt rencontrer Monsieur le Comte ?

— Je passerai vous chercher demain pour le déjeuner. Soyez prête avec votre shamisen.

— Je vais jouer pour Monsieur le Comte ?

— Non, vous allez jouer pour Sa Majesté l'Empereur.

*
* *

Dans Manhattan s'élevaient des immeubles de plus de quinze étages.

C'est haut, pensa Tommy, les yeux tournés vers les toits et le ciel.

Il se dirigeait vers le sud, en suivant les indications des passants, au son des marteaux sur les échafaudages des édifices en construction. Il n'était pas déboussolé, marcher entre les buildings de la ville s'apparentait pour lui à se repérer entre les arbres de la forêt. Les vendeurs de journaux à la criée s'époumonaient :

— La Rapid Transit Company signe un contrat avec la ville pour les travaux du métropolitain !

Il longea un parc où plusieurs échoppes vendaient des hot-dogs. L'odeur le fit saliver mais il préféra garder le peu de monnaie qu'il lui restait.

Il déboucha au pied du 66 Bowery.

L'immeuble était situé entre Hester Street et Canal Street. Le hall d'entrée était négligé et sentait le renfermé. Au deuxième étage, sur une porte était écrit :

Benjamin Flammes Carpenter
Meilleur violoneux de New York
Ne pas déranger entre huit heures du matin
et cinq heures de l'après-midi

Il était midi. Il frappa à la porte. Pas de réponse. Il frappa à nouveau. Toujours pas de réponse. Il essaya la poignée. C'était ouvert.

— Monsieur Flammes, vous êtes là ? C'est moi, Tommy, de Mount Airy.

Des vêtements étaient jetés par terre, en pagaille. Des bouteilles vides gisaient sur le parquet. Dans le salon, plusieurs violons étaient accrochés au mur, entre des tableaux représentant des voiliers et des océans. Le long manteau de Benjamin Flammes pendait sur un fauteuil en tissu vert sombre. Des voilages filtraient la lumière du jour. Un convoi au bruit assourdissant passa sous les fenêtres.

— Maudit train ! jura quelqu'un dans la pièce d'à côté.

— Monsieur Flammes ?

Tommy hésitait à pénétrer dans la chambre.

— Par le Diable, qui va là à cette heure-ci ?

— C'est moi, Tommy, le joueur de banjo.

— Ah oui, entre donc !

Dans son lit, Benjamin Flammes alluma un cigare. Il avait les cheveux ébouriffés et des cernes sous les yeux.

— Content de te voir, mais j'ai besoin de dormir. Reviens ce soir vers huit heures. Prends à manger et à boire dans la cuisine et va dans la dernière chambre au quatrième étage, la porte n'est pas fermée. Tu vas jouer avec moi cette nuit, alors repose-toi.

Sous le duvet, une voix de femme supplia :

— Benjamin... dormons encore un peu.

Tommy osa :

— Votre épouse, Monsieur Flammes ?

— Moi, marié ? Plutôt rôtir en enfer !

— Allez... on dort..., reprit la voix empâtée.

— À plus tard, Kid.

La chambre de Tommy, logée sous le toit, contenait un lit, une table et une chaise. De la fenêtre on voyait le clocher de l'église d'en face. Les trains circulaient sur deux voies suspendues au-dessus de l'avenue où se croisaient les tramways, les calèches et les passants, dans un vacarme incroyable. Tommy se délesta de ses affaires. Il s'allongea sur le lit avec Étoile du Nord et esquissa les notes du *Rêve de Lunsford.*

*
* *

Après un déjeuner au restaurant chinois de l'hôtel, le capitaine Yoshikawa guida O-miya, vêtue d'un kimono bleu clair, jusqu'à un grand salon où une trentaine de chaises étaient disposées autour de tables rondes, sous des lustres en cristal, face à une estrade.

D'autres musiciens étaient présents. Un homme aveugle avait apporté une cithare, frappée de deux croissants de lune. Dans d'amples écrins en soie, on devinait des kotos, dans des boîtes plus petites, des flûtes en bambou. Des geishas conversaient, leur shamisen sur les genoux.

— Veuillez prendre place, commanda le capitaine Yoshikawa. Vous allez recevoir des instructions.

— Pouvez-vous m'en dire plus ?

— Désolé, le secret est nécessaire. Je vous retrouve ce soir pour le dîner. Bonne chance.

Il quitta la pièce.

O-miya considérait ses voisines. Elle remarqua à leur style de coiffure que ces geishas venaient de Tokyo. Elles étaient d'une beauté incontestable et portaient des kimonos raffinés. Quelqu'un tapa sur son épaule. Elle sursauta.

— Bonjour, O-miya.

Elle reconnut l'homme au teint bronzé et aux cheveux longs.

— Yamashiro-sama !

La présence de ce visage familier la rassura.

— Savez-vous pourquoi nous sommes ici ?

— Je n'en sais pas plus que toi. On m'a ordonné de prendre mon sanshin et de ne pas poser de questions. Cela ressemble à une audition.

Une porte au bout du salon s'ouvrit. Un homme de petite taille, vêtu d'un costume européen, s'avança sur l'estrade. Il était chauve et portait une moustache aux pointes parfaitement bouclées. Les domestiques fermèrent la grande porte d'entrée. L'homme s'adressa à l'assemblée :

— Bonjour. Je vous remercie d'être venus jusqu'ici. Je m'appelle Tadamasa Hayashi. Je suis traducteur-interprète et je m'occupe de promouvoir l'art japonais en Europe. Sa Majesté l'Empereur patiente dans la pièce du fond et désire vous entendre jouer. Quand on appellera votre nom, veuillez entrer et interpréter un morceau de votre choix. Surtout, ne dévisagez pas Sa Majesté l'Empereur, ne lui adressez pas la parole. À la fin de la journée, l'un ou l'une d'entre vous sera désigné pour une mission de la plus haute importance. Veuillez vous préparer et ajuster vos instruments. Nous appellerons le premier candidat dans quelques minutes.

Une rumeur parcourut l'assemblée, puis le son des instruments en train d'être accordés s'éleva. Bientôt, une geisha fut appelée et s'engouffra dans la pièce du fond.

O-miya tournait les chevilles de son shamisen. En observant l'instrument, Yamashiro fut saisi par un sentiment désagréable.

— Tu as changé de shamisen ?

— Oui, le fût a été remplacé par Kansuke le Borgne.

— La peau a une texture peu ordinaire. De quel animal provient-elle ?

Il fut interrompu, on l'appelait :

— Monsieur Ryû Yamashiro. Veuillez vous rendre dans la pièce du fond.

— À mon tour.

O-miya le retint par le bras :

— Yamashiro-sama, puis-je vous demander une faveur ?

— Oui, dis-moi.

— Je m'inquiète pour Wako. Pouvez-vous lui rendre visite à la maison de thé Shizu-chaya et veiller sur elle si je ne peux pas rentrer ?

— Je le ferai.
On l'appela à nouveau :
— Monsieur Ryû Yamashiro. Veuillez vous rendre dans la pièce du fond.

*
* *

Tommy rêvait qu'il marchait dans la forêt au pied du mont Pilot. Il percevait les notes du violon de Fil de Fer et s'avançait en direction du son. Des branches lui barraient le passage, des ronces s'enroulaient autour de ses jambes et lui griffaient les bras. Il se rapprochait péniblement de la musique.

Dans sa main droite, il tenait un long couteau.

Il distingua dans les ténèbres la silhouette de Fil de Fer, de dos, qui jouait assis sur un tabouret. Le violon ne sonnait pas comme d'habitude. Des fausses notes retentissaient, de plus en plus, à mesure qu'il s'approchait.

Il était maintenant à un pas de son ami. Il l'appelait, mais aucun son ne sortait de sa bouche. Soudain, Fil de Fer tourna la tête et jeta un regard effroyable, avec des yeux blancs incandescents. Tommy, horrifié, frappa de toutes ses forces avec le couteau. La tête de Fil de Fer roula par terre. Son corps décapité continuait de jouer.

Il se réveilla, en sueur.
New York bruissait sous la fenêtre ouverte.

*
* *

L'empereur ouvrit un œil, puis le second. Il se redressa dans son fauteuil. Son visage prit un air intéressé. O-miya reconnut l'homme qu'elle avait vu sur les portraits officiels. Il ne portait pas l'uniforme de style occidental bardé de médailles qu'on voyait sur ces images, mais un costume noir. À la fin du morceau, il demanda :

— Un autre, s'il vous plaît.

Tadamasa Hayashi, qui du bout des doigts lissait les boucles de sa moustache, parut étonné par cette requête. O-miya s'exécuta. L'empereur la fixait. Elle laissa la musique se déployer librement en essayant d'oublier qu'elle jouait devant un dieu vivant. Quand la dernière note se tut, l'empereur applaudit trois fois.

O-miya se confondit en excuses :

— Votre Majesté. Je suis sincèrement désolée de jouer aussi mal.

Hayashi bondit sur sa chaise.

— Veuillez vous taire !

— Ça va, ça va, dit l'empereur, qui nous a recommandé cette personne ?

— Monsieur le Comte Itô.

— Le comte est de bon conseil quand il s'agit de geishas. Veuillez annuler les auditions restantes. Ce soir vous dînerez avec O-miya et lui expliquerez les détails de sa tâche.

En se levant, l'empereur adressa une dernière parole à la jeune femme :

— Au revoir. Représentez le Japon avec honneur.

L'attente, jusqu'au soir, fut longue. O-miya s'interrogeait sur la « tâche » qui allait lui être confiée. La nuit enfin tombée, à la table du restaurant français de l'hôtel, Tadamasa Hayashi engagea la conversation :

— O-miya, savez-vous utiliser une fourchette et un couteau ?

— J'ai eu l'occasion de déjeuner dans un restaurant français à Kobe, je ne suis pas très à l'aise avec les couverts.

— Vous allez pouvoir vous exercer ce soir. Regardez le menu.

Il lui présenta une carte où figurait la liste d'une douzaine de plats en français :

Jambon et Salade de Concombre,
Hors-d'Œuvre, Potage à la Julienne,
Poisson Frit, Œufs brouillés aux Croûtons,
Rognons Sautés à la Purée, Canard à la Diable,
Biftecks aux Oignons, Curry Rice, Haricots
Verts et Choux, Crêpes à la Confiture.

— Je n'y comprends pas grand-chose.

— J'ai tout commandé, vous mangerez ce qui vous plaira. J'ai aussi demandé une bouteille de vin pour vous, Capitaine.

Yoshikawa inclina la tête en guise de remerciement.

— J'imagine que vous êtes impatiente de connaître les détails de votre mission.

— Oui, je serais heureuse de savoir dans quel but j'ai passé cette audition.

— Je vais vous expliquer. Cependant promettez-moi de ne rien répéter.

*
* *

Une marche de vingt minutes mena Benjamin Flammes et Tommy en face d'un vieux bar irlandais.

— Le Mc Sorley's. Nous jouons ici ce soir.

À l'intérieur, les clients avaient gardé leur chapeau et leur manteau, comme s'ils venaient d'entrer ou devaient partir d'un instant à l'autre. Le sol était usé, une horloge trônait derrière la caisse, des tableaux et des portraits, en désordre, sans lien les uns avec les autres, étaient accrochés aux murs anciens. Un chat somnolait en haut d'un grand buffet. Les discussions allaient bon train. Les allumettes craquaient pour des cigares, des pipes et des cigarettes. Les serveurs, placides, remplissaient chope sur chope. On accueillit Tommy en lui tapant sur l'épaule.

— Bienvenue au Mc Sorley's, tu vas te plaire ici, il y a de la bonne bière, des oignons crus et pas de femmes !

Le patron avait réservé deux chaises au fond du bar pour les musiciens. Ils commencèrent à jouer. Un bref moment, le silence se fit. Puis les conversations, les rires et les éclats de voix reprirent. Seulement deux ou trois hommes semblaient écouter la musique. On apportait des pintes à Benjamin Flammes qui ingurgitait d'amples gorgées entre deux géniales envolées de notes. Il enchaînait les polkas et les danses irlandaises. Tommy ignorait la plupart des morceaux et les apprenait en jouant. Leur musique se perdait dans le brouhaha.

Plus tard, sous l'effet de l'alcool, Tommy éprouva une sorte de bien-être. Comme à Mount Airy, avec Fil de Fer, il se contentait de suivre, il ne lançait pas une note plus haute que celles du violon. Il buvait, il ratait une note, il riait, on l'encourageait, il buvait, il riait encore.

Vers quatre heures du matin, Benjamin Flammes rangea son violon. Le patron lui donna quelques billets. Les deux musiciens sortirent du bar et cheminèrent en titubant vers Bowery.

— Tommy, tu as été lamentable ce soir. Il va falloir t'entraîner durement pour l'autre travail.

— L'autre travail ?

— Je t'expliquerai quand tu seras capable de capter l'attention de tous les clients du bar en jouant seul. Ce soir, tu as trop bu et, sans t'en rendre compte, tu as perdu le rythme. Jouer vite ou lentement n'a pas d'importance, il faut garder la cadence. Retiens bien ceci : « Au premier verre la musique se détend, au deuxième elle se libère, au troisième elle se perd, au quatrième elle se pend. »

— Pardon, Monsieur Flammes.

Il manqua de trébucher.

Benjamin Flammes saisit son bras et l'aida à monter jusqu'à sa chambre.

*

* *

De la fenêtre de l'Hôtel Impérial, O-miya contemplait la nuit et Tokyo. Elle pensait aux paroles de Tadamasa Hayashi au cours du dîner :

— Dans deux semaines, le 23 février, nous embarquerons sur un paquebot à Yokohama. Nous voyagerons jusqu'en France. La traversée durera cinquante jours. Nous débarquerons à Marseille et nous prendrons le train jusqu'à Paris où aura lieu, entre avril et novembre, l'Exposition universelle. Ce sera grandiose, avec des millions de visiteurs. Toutes les nations y participeront. Le Japon, évidemment, aura son pavillon. En tant que commissaire général, je suis chargé de sélectionner les œuvres d'art à présenter. Nous avons déjà édifié une pagode et un salon de thé. Le palais impérial et le jardin étaient presque achevés quand je suis parti.

Il avait bu une gorgée de vin, essuyé sa moustache en la tapotant avec sa serviette avant de poursuivre :

— C'est un événement capital pour Sa Majesté l'Empereur et nos ministres. Ils veulent montrer au monde la splendeur du Japon. Nous exposerons notre industrie, nos progrès militaires et notre culture. Vous êtes conviée à Paris, sur invitation du gouvernement français, avec sept autres geishas, pour donner des spectacles de musique et de danse dans notre pavillon.

Il avait fini son verre.

— Beaucoup de personnalités dans les hautes sphères jugent dégradant d'envoyer des geishas pour représenter notre pays. Je vous demande donc de rester discrète sur ce voyage.

— Voilà pourquoi je n'ai rien pu vous dire, avait ajouté le capitaine Yoshikawa. Sachez que je serai responsable de la sécurité de la délégation japonaise. Je veillerai sur vous.

O-miya était soulagée de savoir qu'elle ne serait pas enfermée dans une des résidences secondaires du comte Itô. Elle ressentait un mélange d'anxiété et de curiosité à l'idée de partir à l'étranger, elle s'inquiétait pour Wako qu'elle ne reverrait pas avant longtemps.

Elle ne savait rien de l'Europe, ni de la France. Elle ouvrit la fenêtre. Paris était « plus loin que le paradis ou l'enfer ».

4

— Vous voulez un coup de main ? proposa le livreur.

— Oui, je veux bien, accepta le docteur Azoulay. Cinquante paquets, cela fait beaucoup pour un seul homme.

Mme Azoulay, paniquée, voyait s'empiler dans le bureau et la cuisine les boîtes contenant les phonogrammes que son époux et le livreur, en sueur malgré la fraîcheur de février, déposaient là où ils pouvaient. L'appartement de la rue des Vignes fut bientôt envahi par les caisses en bois.

— Quelle folie ! s'écria-t-elle.

— Ma chère, répondit le docteur Azoulay, ces phonogrammes sont muets pour l'instant, mais, dans quelques mois, on parlera chinois et chantera en suédois dans notre salon !

*

* *

Plusieurs jours après le départ de Tommy, Sally Ann était occupée à laver du linge au bord de la rivière Ararat. Fil de Fer vint à sa rencontre. Elle dit bonjour en souriant. Il rétorqua sur un ton glacé :

— On raconte que tu as suivi Tommy jusqu'à la gare de Greensboro.

— Ce ne sont pas tes affaires. Et tu devrais avoir honte d'avoir brisé son banjo.

— Il l'a bien mérité. Il nous a abandonnés.

— Il reviendra.

— Non, il ne reviendra pas. Oublions-le.

Il saisit Sally Ann par le bras.

— Si on se mariait toi et moi ?

— Non, laisse-moi, s'il te plaît.

Il serra plus fort.

— Épouse-moi !

— Lâche-moi !

Il passa son bras autour de sa taille, voulut l'embrasser. Elle se débattait :

— Tu es jaloux de Tommy !

Ces mots firent exploser la colère de Fil de Fer. Il leva la main et s'apprêta à frapper.

— Dégage ! tonna une voix derrière eux.

Jim l'Ours se tenait à quelques mètres de là, les poings fermés. Fil de Fer lâcha Sally Ann qui se précipita, tremblante, près de son père.

Avant de s'enfuir dans la forêt, le violoneux aboya :

— Vieux Jim, ta fille finira seule, flétrie comme un fruit pourri !

*

* *

Dans le train qui l'emmenait vers Kyoto, Yamashiro se remémorait sa dernière rencontre avec O-miya. Le lendemain de l'audition, il lui avait rendu une brève visite avant de quitter l'Hôtel Impérial. Elle lui avait révélé les paroles de Tadamasa Hayashi en le priant de garder le secret. Stupéfait d'apprendre qu'elle embarquerait sur un paquebot pour la France, il avait tenté de la rassurer sur ce voyage. En vérité, il était venu avec l'intention de lui évoquer ses doutes concernant la peau à la texture troublante fixée par Kansuke le Borgne sur le shamisen. Finalement il avait décidé d'éviter ce sujet pour ne pas l'effrayer.

Arrivé à Kyoto, il se rendit à la maison de thé Shizu-chaya pour prendre des nouvelles de Wako. O-haru l'accueillit et le guida vers la chambre des lumières. Quand elle fit glisser les portes, un courant d'air s'engouffra dans la pièce et fit vaciller la flamme des quatre lampes. Tandis qu'elle lui servait une coupe de saké, il dit :

— Je souhaite voir Wako.

La main d'O-haru frémit et renversa des gouttes d'alcool sur le tatami.

— Pardonnez-moi, je suis encore sous le choc. Wako s'est enfuie après le départ d'O-miya.

— Que dites-vous ! Comment une fille aussi raisonnable a-t-elle pu faire une chose pareille ? C'est absurde !

— Je ne sais pas.

— Mais, enfin, vous ne lui avez pas parlé ?

— Je vous en supplie. C'est douloureux pour moi.

— Vous n'avez aucune idée de l'endroit où elle aurait pu aller ?

— Non, aucune.

— Vraiment ?

— S'il vous plaît, changeons de sujet. Il y a d'autres geishas beaucoup plus douées que cette petite fuyarde. Souhaitez-vous qu'on danse ou qu'on chante pour vous ce soir ?

Les traits d'O-haru étaient déformés par la colère. Son visage, à la lumière chancelante des grandes lampes, ressemblait à un masque de démon.

— Non, répliqua Yamashiro, je m'en vais.

Le soir même, il visita d'autres maisons de thé pour recueillir des indices sur la fugue de Wako. Mais les bouches restaient closes. À Gion, quand une geisha disparaissait, on voulait l'oublier au plus vite.

*

* *

Le dernier client paya et quitta le Smoky Mountain. Jim l'Ours Carson retourna le panneau sur la porte.

Fermé

Il rangea les chaises, passa un coup de chiffon humide sur les tables. Il sortit l'argent de la caisse et l'introduisit dans une boîte en métal. C'était une mauvaise recette. Il s'accouda au comptoir, alluma une cigarette.

Après le départ de Tommy, Fil de Fer a changé. Il avait le regard d'une bête enragée tout à l'heure. Dieu sait ce qu'il aurait fait à Sally Ann si je n'étais pas intervenu.

Il écrasa sa cigarette. Il éteignit les lampes à huile, sauf une qu'il emporta pour s'orienter, et sortit par la porte de derrière. La maison des Carson jouxtait la cour intérieure qu'il traversa en coinçant la boîte en métal sous son bras. Il perçut un bruit provenant du débarras où il stockait les bouteilles vides.

Un rat ?

Un nuage noir couvrait la lune. Même en s'aidant de la lampe, il ne put rien distinguer.

Il monta dans sa chambre sur la pointe des pieds, une vieille habitude qu'il avait prise pour ne pas réveiller ses filles. Il cacha la boîte en métal sous son lit. Il enleva son pantalon, sa chemise, et s'allongea.

Il devait être trois ou quatre heures du matin quand quelqu'un tapa à la porte. Jim l'Ours se réveilla en sursaut. Il empoigna la lampe restée allumée et descendit. Le visiteur cognait de plus en plus fort.

— Qui va là ?

— C'est moi, Fil de Fer.

Jim l'Ours ouvrit la porte. Aussitôt, il fut saisi par le col et entraîné dehors.

— Que veux-tu ?

— Ta fille.

Le souffle du violoneux puait l'alcool.

— Pas question.

— Je veux l'épouser.

— Jamais.

Jim l'Ours asséna un coup de poing dans l'estomac de Fil de Fer qui lâcha prise et riposta en le frappant violemment. Touché au menton,

Jim s'effondra en arrière. Sa tête, en heurtant les pierres sur le sol, émit le son sec d'une branche d'arbre éclatant sous l'effet d'une hache.

Fil de Fer, haletant, se préparait à cogner à nouveau. Mais son adversaire ne se relevait pas. Une plainte assourdie provenait du corps étendu dans la pénombre. Fil de Fer s'approcha. Les lèvres de Jim l'Ours remuaient et répétaient :

— Mes filles... mes filles...

Du sang noir sur le sol libérait une vapeur blanchâtre ondoyant dans la lumière de la lune. Soudain, tous les membres de Jim l'Ours se mirent à trembler. Fil de Fer, paniqué, recula et s'enfuit.

*

* *

Yamashiro décida de rester un jour de plus à Kyoto. Il y avait une personne qu'il n'avait pas encore interrogée et qui pourrait peut-être le renseigner sur la disparition de Wako.

Il entra dans l'atelier. Kansuke le Borgne appliquait du vernis sur le manche d'un shamisen.

Yamashiro expliqua qu'il était un ami d'O-miya. Il demanda au luthier s'il savait quelque chose à propos de la disparue.

— Je ne sais rien.

— On dit pourtant que vos oreilles sont partout dans Gion.

— Si vous n'êtes pas venu pour un instrument, veuillez partir.

Yamashiro changea de stratégie :

— J'ai un doute concernant le shamisen que vous avez assemblé pour O-miya.

L'œil de Kansuke, qui jusque-là n'avait pas prêté attention à l'étranger, le fixa.

— C'est un instrument dont je suis fier.

— Oui, je l'ai vu de près. Le fût est superbe, la peau a un grain particulier. De quel animal provient-elle ?

— C'est une peau de chat.

Yamashiro, d'un coup, haussa la voix :

— Menteur, tu as utilisé une peau interdite !

Kansuke blêmit.

— J'ai reconnu cette peau, c'est celle du shamisen appelé « Mille Larmes ». Si tes clients apprennent cette infamie, ta réputation est détruite !

La vue monoculaire de Kansuke se troubla.

Comment a-t-il pu déceler l'origine du fût ? Il faut qu'il se taise.

— Je vais te dire ce que je sais, mais jure-moi de ne rien révéler à propos de Mille Larmes.

— Je te le jure. Parle.

— Selon les bruits qui courent, la nuit après le départ d'O-miya, une geisha voilée est montée dans une calèche devant la maison de thé Shizu-chaya.

— C'est une scène fréquente à Gion.

— Ceux qui étaient présents ont entendu le tintement d'un grelot.

— Où allait cette calèche ?

— Tu m'en demandes trop. Je t'ai tout dit, va-t'en.

Comment trouver Wako ? Dans le train qui emmenait Yamashiro vers l'ouest, cette question torturait son esprit. Pour extirper les mots de la bouche de Kansuke, il avait bluffé à propos de Mille Larmes. Mais il avait vu juste : O-miya avait entre les mains un instrument maudit.

*
* *

Tommy consacrait au moins deux heures par jour à s'entraîner avec un métronome. La première fois qu'il avait utilisé cet objet qui martelait impitoyablement la mesure, c'était le lendemain de la soirée où il avait joué de façon calamiteuse au Mc Sorley's. À son réveil, il avait trouvé la porte de sa chambre fermée à clé de l'extérieur. Un métronome avait été placé sur la table avec le mot suivant :

> À force d'accompagner Johnny Fil de Fer, tu as absorbé sa cadence, égoïste et saccadée. Tu dois désapprendre cette façon de jouer et t'imprégner du rythme universel. Je te présente ton nouveau partenaire, Monsieur Métronome. Je t'ouvrirai la porte dans quelques heures. En attendant, fais connaissance avec lui.
>
> B.F.

Pendant deux semaines, Tommy s'était exercé tous les jours avec l'infatigable batteur de temps. Il s'affranchissait progressivement du rythme de Fil de Fer. Cependant, les rares fois où il jouait seul dans le bar irlandais, peu de clients l'écoutaient.

L'homme à la cigarette, pourquoi ignore-t-il ma musique ? Il n'a pourtant personne à qui parler.

Est-il sourd ? Et ces deux types, là-bas, ils discutent comme si je n'étais pas là.

Il jouait plus fort, accélérait, multipliait les notes. Il ne recevait en retour qu'une plus grande indifférence.

Jusque-là, les journées passées à New York avaient été peu excitantes. Le jour, il s'entraînait avec le métronome, pendant que Benjamin Flammes dormait. Le soir, ils jouaient dans des bars pour quelques billets.

Tommy stoppa le balancier du métronome.

Quel était cet « autre travail » évoqué par le violoneux ? Pour avoir la réponse, il devait gagner l'attention de tous les clients du Mc Sorley's.

Il entra dans l'appartement de Benjamin Flammes. Celui-ci buvait un verre de whisky en robe de chambre.

— Je ne comprends pas. J'ai appris avec le métronome à garder un rythme parfait, mais je n'arrive toujours pas à intéresser qui que ce soit dans le bar quand vous me laissez jouer seul.

Benjamin Flammes resserra la ceinture de sa robe de chambre, attrapa son violon.

— Je vais t'expliquer. Suis-moi sur le toit.

Une fois en haut de l'immeuble, le violoneux grimpa sur le parapet. À quelques centimètres de ses pieds se déployait le bitume, cinq étages plus bas. Le ciel de New York était orageux. Il cala son violon sous son menton et fit courir son archet sur les cordes. Ses cheveux gris étaient soulevés par le vent.

— Quand je joue ici, je suis à un pas de la mort. Chaque note est un cri avant le grand silence. Tu entends comme elles sont vivantes ?

Il est complétement fou ou il est ivre. Peut-être bien qu'il est les deux à la fois !

— Descendez ! implora Tommy. J'ai compris, je jouerai chaque note comme si c'était la dernière.

— Pour qui vas-tu jouer ces notes ?

— Je jouerai pour tous les hommes.

— Imbécile ! Tu veux me faire chuter avec de telles âneries ? Ici, à côté de la mort, je me moque bien de ce que pensent les hommes.

Il descendit du parapet et s'approcha.

— Ta musique est ta voix, tu ne dois plus la contenir ni la cacher derrière moi, Fil de Fer ou personne d'autre. Grâce au métronome tu as appris le rythme universel pour jouer avec d'autres musiciens. Tu dois maintenant apprendre à jouer pour toi-même, sans te soucier de ce que pensent ceux qui t'écoutent. Quelle est pour toi la plus belle des musiques ?

Tommy, soulagé de voir Benjamin Flammes loin du vide, répondit :

— C'est le son du fleuve Ararat, à Mount Airy.

— Crois-tu que le fleuve se soucie de ce que pensent les poissons ? C'est un des mystères de la musique : si tu joues pour les autres, ta musique ne plaira à personne. Aime ta musique et les autres l'aimeront.

Des gouttes de pluie frappaient le visage des deux hommes.

— Cesse d'avoir peur. Sois fier de toi et de ta musique. Allez, on rentre. J'ai la gorge sèche à force de causer. Il me faut à boire.

*

* *

Le réceptionniste de l'Hôtel Impérial remit un courrier au capitaine Yoshikawa :

— Nous avons reçu cette lettre ce matin. Je vous la donne conformément à vos ordres.

Elle était adressée à O-miya. Au dos figurait le nom *Ryû Yamashiro*. Le capitaine pressa le pas pour retourner à sa chambre. Il ouvrit l'enveloppe et commença à parcourir le courrier.

O-miya,

Tu vas me trouver impoli de te déranger juste avant ton départ pour l'Europe. Cependant je te prie de lire cette lettre dès que tu l'auras entre les mains et de ne pas reporter sa lecture à plus tard.

As-tu entendu parler d'une geisha nommée Kiku ? Il y a environ cent ans, le shogun Ienari, connu pour son comportement de débauche et son harem de cinq cents courtisanes, en tomba amoureux. Il voulut la séduire, mais elle le repoussa, elle était éprise d'un acteur de kabuki. Aucune femme n'avait jamais osé résister au shogun, il était furieux. Ses hommes de main enlevèrent l'amant de Kiku et le jetèrent en prison où il fut torturé et exécuté. Ienari avait donné une consigne : « Avant de le tuer, faites-le souffrir mais ne lui infligez aucune blessure sur le dos ! » Après la mort du malheureux, le shogun imposa qu'on écorche la peau de l'acteur qui n'était pas marquée par les sévices, qu'on la fasse sécher et qu'on la fixe sur un shamisen. Il convoqua Kiku, dévastée par la perte de son amant, et lui ordonna de jouer avec l'abject instrument pendant qu'il dînait. À la fin du repas, il lui révéla l'origine du shamisen. Horrifiée, Kiku dégaina un poignard caché dans la manche de son kimono et l'enfonça dans sa propre gorge. Le sang gicla sur le plateau et les habits d'Ienari. Il jura :

« Sois maudite pour t'être refusée à moi. Même dans l'autre monde, tu pleureras en entendant le son de ce shamisen. »

Jusqu'à la fin de son règne, chaque année, le jour de la mort de Kiku, le shogun obligea une geisha à jouer de ce sordide instrument pendant qu'il dînait. Le shamisen fut appelé « Mille Larmes » et disparut à la mort d'Ienari.

J'ai de bonnes raisons de croire que tu as cet instrument en ta possession. Je t'en supplie, débarrasse-toi de lui. Milles Larmes ne peut que te porter malheur.

Je serai fidèle à ma promesse, je veillerai sur Wako.

Ryû Yamashiro

Le capitaine Yoshikawa jeta la lettre devant lui. Devait-il la remettre à O-miya ? Ne risquait-elle pas de paniquer en lisant ce courrier, la veille du départ ?

Tout cela n'est qu'un récit inventé par Yamashiro, pour empêcher O-miya de partir.

Sa Majesté l'Empereur l'a entendue jouer avec ce shamisen, O-miya doit donc aller à Paris avec cet instrument. Dans le cas contraire, ce serait une trahison.

Il déchira la lettre, lâcha les morceaux dans la corbeille. Il ajusta son costume occidental et se dirigea vers la chambre de la geisha afin de s'assurer que ses bagages étaient prêts.

*
* *

Sans doute parce qu'il avait joué nu sous sa robe de chambre, dehors, sous la pluie, Benjamin Flammes fut atteint d'une forte fièvre et contraint de rester au lit. D'une voix affaiblie il pria Tommy de se rendre seul au Mc Sorley's.

Le soir, le patron du bar demanda :

— Tu es sûr de vouloir jouer sans Flammes ?

— Oui, deux ou trois morceaux et je m'en vais.

Tommy commanda une bière, s'installa dans le coin habituel en saluant les clients. Tous demandaient où était Benjamin Flammes. Ils ne pouvaient dissimuler leur déception en apprenant que le violoneux ne viendrait pas.

Il accorda son banjo et commença un air. L'homme au comptoir avec sa cigarette demeurait insensible aux notes. Les autres aussi. Plutôt que d'observer les clients pour savoir s'ils l'écoutaient ou non, Tommy ferma les yeux. Il s'imagina devant sa cabane, à Mount Airy, dans le calme de la forêt. Ses doigts se délièrent, sa musique se fluidifia, ses notes se mirent à sautiller.

Pour finir, il interpréta le *Rêve de Lunsford*. Il sentait la chaleur du feu allumé dans la clairière au bord du mont Pilot, il souriait en se souvenant de son ami. Dans le bar, les discussions, les rires, les éclats de voix couvraient sa musique. Il ne jouait pas pour les autres, mais pour lui-même.

Après la dernière note, il rangea son banjo et se leva. Il n'avait jamais joué aussi bien.

Cependant personne ne l'avait écouté. Il sortit du Mc Sorley's dans l'indifférence.

Le lendemain après-midi, il parla à Benjamin Flammes qui fumait un cigare, reniflant après chaque bouffée.

— J'ai suivi votre conseil. J'ai joué pour moi, sans penser aux autres.

— Ça a marché ?

— Non.

Benjamin Flammes avala la fumée de travers et toussota.

— Normal. Les gens veulent entendre une histoire.

— Pas facile de raconter une histoire avec un banjo.

— Alors utilise un autre instrument.

— Lequel ? Je ne sais jouer que du banjo.

— Ta voix. Chante !

*

* *

La crainte que la vérité à propos de Mille Larmes puisse éclater et ruiner sa réputation avait maintenu le vieux Kansuke éveillé cette nuit encore. En faisant glisser la porte de son atelier, il fut ébloui par la lumière du jour. Il ne sortait presque jamais de chez lui, mais la venue de Yamashiro l'avait troublé au point qu'il marchait en fronçant les sourcils vers la maison de thé Shizu-chaya.

— Maître Kansuke, demanda O-haru en tapotant sa pipe en laiton, que me vaut le privilège de votre visite ?

Avec sa tête avachie entre ses épaules, son œil plissé et son teint blafard, le luthier avait la mine d'un loir délogé de son nid en pleine hibernation.

— Un dénommé Yamashiro est venu me questionner au sujet de Wako. Vous devriez surveiller vos apprenties geishas et mieux les éduquer. À cause de cette fuyarde, cet insolent pourrait répandre des rumeurs embarrassantes.

— Je n'ai pas de conseil à recevoir sur la gestion de mon établissement.

— Des bruits courent. Wako ne se serait pas enfuie.

— Qu'est-ce que vous insinuez ?

— Vous l'auriez punie et expulsée hors de Gion.

— Pourquoi aurais-je fait cela ?

— Vous n'auriez pas supporté le départ d'O-miya et vous vous seriez vengée sur sa petite sœur.

— C'est stupide. Croyez-moi, j'ai reçu suffisamment d'argent de la part du comte Itô pour ne pas avoir à regretter O-miya.

— Elle est partie avec le capitaine Yoshikawa que, dit-on, vous appréciez beaucoup.

O-haru vida violemment sa pipe dans le cendrier.

— Maître Kansuke, je suis déçue d'apprendre que vous prêtez l'oreille à ces histoires. De mon côté, croyez-vous que j'accorde la moindre attention aux rumeurs à propos de Mille Larmes, un instrument maudit que vous auriez remis à O-miya ?

— Grossiers mensonges !

Le vieux luthier était sur le point de vomir un flot d'injures. Il dut les ravaler. Une servante pénétra dans la pièce, apportant le repas d'O-haru.

*

* *

Le patron du Mc Sorley's parut embarrassé :

— Tu es sûr ? Tu veux jouer seul ce soir aussi ?

— Oui, un morceau et je m'en vais.

Tommy s'assit dans le coin des musiciens, descendit une pinte de bière et se mit à battre du pied. Au rythme qu'il tapait sur le sol, il ajouta deux accords de banjo, en boucle. Il se racla la gorge et se lança :

John Henry monta au sommet de la montagne,
La montagne était si grande et lui si petit,
Il lâcha son marteau et il pleura,
Ô mon Dieu, ô mon Dieu,
Il lâcha son marteau et il pleura.

Sans se rendre compte que tous les regards étaient portés sur lui, il chanta jusqu'au dernier couplet.

John Henry martelait la roche à droite,
La machine pilonnait la roche à gauche.
John Henry a vaincu la machine,
Mais il a martelé son pauvre cœur à mort,
Ô mon Dieu, ô mon Dieu,
Il a martelé son pauvre cœur à mort.

La chanson terminée, il se leva. Des voix s'élevèrent :

— Tu ne vas pas nous quitter maintenant !

— Ah çà, non, tu dois continuer à chanter, fiston.

L'homme silencieux à la cigarette ouvrit la bouche :

— Tu en connais d'autres ?

Le lendemain, Tommy raconta la soirée à Benjamin Flammes.

— Tu as réussi. Les clients réclament ta musique. Et, surtout, tu chantes. Tu es prêt pour l'autre travail.

— Pouvez-vous enfin me dire ce que c'est ?

— En avril, nous embarquons sur le *Bretagne*, un paquebot pour la France.

— Un paquebot pour la France ?

— *Oui, Monsieur*. Grâce à son commandant rencontré au Mc Sorley's, j'ai dégoté ce contrat. Pendant la traversée, nous donnerons un spectacle pour les passagers.

— Vous voulez dire un concert ?

— Non, un spectacle. Plus exactement un *minstrel show*.

— Un *minstrel show* ?

— On va jouer la comédie. Je vais t'apprendre et t'emmener voir la meilleure troupe de New York.

Les gens raffolent de ça. Ils seront des centaines de voyageurs sur ce bateau, à nous de les divertir.

— À nous de les divertir ?

— Bon sang ! Arrête de répéter ce que je dis !

— On pourra visiter la France alors ?

— Non, on fera juste l'aller-retour. Aussitôt arrivés, on repart.

Bien que déçu de ne pas pouvoir découvrir l'Europe, Tommy était excité par la traversée. Il avait déjà aperçu, au loin, des *liners* manœuvrer dans la baie de New York. Bientôt, il embarquerait sur un de ces géants de métal.

5

Le 10 mars 1900, Léon Azoulay marchait avec Albert Robida sur l'esplanade des Invalides en direction de la Seine. Cet ami était responsable de la reconstitution du Vieux Paris, un des divertissements majeurs de l'Exposition universelle. Il avait proposé au docteur Azoulay une visite du chantier.

Face à eux, les deux tours à l'entrée du pont Alexandre-III étaient prisonnières dans un enchevêtrement d'échafaudages. Sur le sommet de celle de droite, des ouvriers tendaient les bras pour recevoir une statue de Pégase hissée par des cordes. Le pont n'étant pas ouvert, les deux amis longèrent la Seine par la rue des Nations qui accueillait les pavillons des pays invités. Le docteur Azoulay s'étonnait du contraste d'un bâtiment à l'autre. Le pavillon de l'Italie était un curieux mélange entre une église gothique et le palais du Vatican, tandis que la maison du Danemark ressemblait à un chalet suisse sur les poutrelles duquel des artisans appliquaient de la peinture blanche. Plus loin, deux statues d'aigle patientaient sur le bitume avant de pouvoir trôner sur le dôme du pavillon des États-Unis.

La rue des Nations s'achevait par une villa grecque et un château serbe. Tous ces édifices allaient flamboyer pendant une saison puis être démolis.

Les deux hommes s'engagèrent sur le pont de l'Alma pour rejoindre l'autre rive.

Le docteur Azoulay pointa du doigt la tour Eiffel :

— Et dire que personne ne voulait d'elle, c'est incroyable qu'elle soit toujours là dix ans après son édification.

— Les Parisiens se sont habitués à cette « odieuse colonne de tôle boulonnée », comme l'appellent Dumas et Maupassant, mais on parle de la démonter après l'Exposition.

— C'est dommage, moi aussi je m'y suis fait. Tandis que nous avançons, je pense à autre chose. Entre les Invalides et le Trocadéro, il y a un long trajet à pied. Les visiteurs vont s'épuiser !

— Regardez là-bas, derrière la rue des Nations. Vous pouvez apercevoir une plate-forme mobile et une ligne de chemin de fer électrique. Ces deux moyens de transport vont relier en boucle le Champ-de-Mars à l'esplanade des Invalides.

— Une plate-forme mobile, dites-vous ?

— Oui, on l'appelle le « trottoir roulant », c'est une sorte de plancher ambulant à deux vitesses. L'autre jour j'ai vu un ingénieur se prendre une belle gamelle pendant les essais. J'espère que cette invention sera au point quand les visiteurs voudront l'utiliser.

— Et le métropolitain ? Sera-t-il achevé à temps pour l'ouverture ?

— Malheureusement non, on annonce un retard de plusieurs mois.

L'imposante porte du Vieux Paris, dominée par deux donjons, se dressait maintenant devant eux. À l'intérieur, la capitale se révélait à travers les époques, du Moyen Âge au XVIIIe siècle, avec des auberges, des vieilles maisons aux toitures aiguës et des oriflammes colorées.

— Splendide, vous avez fait du beau travail !

— Vous n'avez encore rien vu, affirma Albert Robida en ajustant ses lorgnons. Pendant l'Exposition, des saltimbanques et des chevaliers vont assurer le spectacle. En plus de ça, on pourra s'offrir des tas de souvenirs : des broderies, des gravures, la *Gazette du Vieux Paris*...

— Cher Albert, c'est certain, votre village sera un des hauts lieux de l'Exposition. Vous avez dû passer des nuits blanches à le concevoir.

— Si vous saviez ! Mon esprit est en constante ébullition. Mais c'est un tel plaisir de voir mes illustrations prendre vie, je l'aurais fait pour rien.

En sortant du Vieux Paris, le docteur Azoulay distingua au loin un édifice peu commun.

— Quelle est cette tour qui se détache dans le ciel des jardins du Trocadéro ?

— C'est la pagode du Japon.

— Fantastique ! Allons voir de plus près.

— D'accord, terminons notre visite là-bas. Sachez, cher ami, qu'on y annonce de véritables geishas.

— Si vous dites vrai, je ne manquerai pas de les phonographier !

*

* *

O-miya s'accoutumait à la vie monotone à bord du *Tonkin*. Elle n'était plus incommodée par l'odeur du charbon ni par le roulement du paquebot sur l'océan. Les huit geishas, le capitaine Yoshikawa, Tadamasa Hayashi et les autres membres de la délégation japonaise disposaient de cabines de première classe. O-miya partageait la sienne avec Aki, la plus âgée des geishas. Elle avait vingt-sept ans et était connue dans le quartier de Karasumori à Tokyo. Elle avait l'air hautain et les lèvres boudeuses des plus belles courtisanes. Les deux femmes parlaient peu entre elles.

Un salon de musique était réservé aux geishas pour qu'elles puissent s'exercer au chant et à la danse. Le cadre de vie des jeunes femmes sur le bateau se limitait à cette pièce, à leur cabine et au restaurant. Quand elles se rendaient sur le pont, elles étaient suivies par le capitaine Yoshikawa qui gardait constamment un œil sur elles.

Tous les matins, Tadamasa Hayashi leur enseignait l'anglais afin qu'elles puissent communiquer avec les visiteurs de l'Exposition.

— Quels mots souhaitez-vous apprendre ?

— *Ongaku*, proposa O-miya.

— En anglais, *ongaku* se dit « Music ».

— Myûjikku.

— Exactement. Figurez-vous que dans d'autres langues, c'est le même mot : « Musique » en français, « Musik » en allemand et « Musica » en italien.

— Comment dit-on *shamisen* ?

— Le mot n'existe pas encore dans ces langues-là !

À Yokohama, peu de voyageurs avaient embarqué sur le paquebot. À Shanghai et à Hong Kong, le navire s'était rempli de passagers européens, vêtus de blanc de la tête aux pieds. Lors de l'escale à Saigon, des Français montèrent à bord. L'ambiance sur le *Tonkin* devint plus animée.

Sur le pont, les geishas admiraient le delta du Mékong. Un groupe d'hommes en uniformes militaires s'approcha d'elles. Ils parlaient en français :

— Quel beau kimono, ma femme l'adorerait. En quelle matière est-il fait ?

— Je ne sais pas, mon Général. De la soie ?

— Je dois tâter pour vérifier.

Il saisit la manche du kimono d'Aki.

Effrayée, elle recula et bredouilla dans un anglais approximatif :

— *No, no, please...*

— Je toucherais bien aussi ses cheveux.

Les Français ricanaient.

— Stop !

La voix autoritaire du capitaine Yoshikawa coupa les hommes dans leur élan. Celui qui pressait Aki s'exclama :

— À qui ai-je l'honneur ?

— Kojiro Yoshikawa, capitaine de la Marine impériale japonaise. Nommez-vous.

— Émile Normand, général de l'Armée de terre française.

Les deux hommes se toisaient. Ni l'un, ni l'autre ne baissait le regard.

— Je vous souhaite une agréable traversée, Général.

— À vous aussi, Capitaine.

Pour éviter la répétition de ce type d'incident, le capitaine Yoshikawa ordonna aux geishas de se vêtir d'un andon hakama, vêtement aux couleurs sobres, à la place de leurs kimonos chatoyants. À cause de son attitude protectrice vis-à-vis des jeunes femmes, il fut bientôt perçu par les passagers comme un personnage détestable. Ils se moquaient de lui et le surnommaient « le boiteux ».

Ces insultes ne l'affectaient pas. Sa seule préoccupation était la sécurité des geishas.

*

* *

À Mount Airy, la musique avait cessé. Le matin du 8 février 1900, Sally Ann avait découvert le corps inanimé de son père dans la cour intérieure du Smoky Mountain. Fil de Fer qui avait quitté la ville était suspecté du meurtre. On le recherchait en Caroline du Nord et dans les États voisins. Le Smoky Mountain était fermé, les musiciens allaient dans d'autres villes.

Sally Ann, pour atténuer sa peine, se consacrait avec ardeur aux besognes quotidiennes. Un mois après le décès de son père, elle habitait avec ses deux sœurs chez leur tante, Rachel, propriétaire de la boutique de vêtements Lundy Clothing. Cette femme vivait seule et sans enfants, aussi fut-elle heureuse de les accueillir.

Le jour où Sally Ann avait été agressée par Fil de Fer, Jim l'Ours avait prié ses trois filles de passer la nuit chez Tante Rachel pour les protéger de l'homme violent. Elles n'avaient pas entendu la bagarre dans la cour.

Lorsqu'on fut certain que Fil de Fer ne rôdait pas aux abords de la ville – les battues n'avaient rien donné –, Tante Rachel accepta que ses nièces se rendent ensemble à la rivière Ararat.

Elles passèrent devant la cabane de Tommy. Les volets étaient clos. La porte n'était pas fermée. Sally Ann entra dans la maisonnette, ses sœurs attendaient dehors. Il restait quelques traces de la présence de Tommy : des livres poussiéreux, les débris du banjo fracassé dans un panier en osier.

Reviendra-t-il ?

Elle voulait qu'il sache pour la mort de Jim l'Ours mais elle n'avait aucun moyen de le contacter. Il était à New York avec Benjamin Flammes, c'est tout ce qu'elle savait. Sa tante ne l'autoriserait pas à partir seule vers cette ville immense où trouver quelqu'un sans adresse était une tâche insensée.

Une de ses sœurs l'appela. Elle emporta le panier contenant le banjo brisé et ferma la porte.

Elles continuèrent leur chemin vers la rivière.

*
* *

Le *Tonkin* fit escale à Colombo. Sur le quai, des dockers hissaient des grandes cages à bord de barques. O-miya aperçut des perruches, des éléphants et un tigre, animaux qu'elle n'avait jamais vus qu'esquissés dans des carnets d'estampes échangés avec Wako.

Petite Sœur, je te raconterai toutes ces choses à mon retour.

Le *Tonkin* fut bientôt entouré d'une multitude de pirogues manœuvrées par des marchands vendant des fruits et des bijoux. Des enfants réussirent à grimper sur le pont du paquebot et criaient :

— Un sou pour un plongeon !

Un voyageur lança une pièce dans la mer. Un des petits garçons sauta dans l'eau, quinze mètres plus bas, s'enfonça plusieurs secondes dans les profondeurs puis réapparut à la surface, brandissant fièrement la pièce.

*
* *

— *Ladies and Gentlemen, welcome to the Minstrel Show!*

À ces mots entrèrent sur scène quatre musiciens blancs, le visage peint en noir, affublés d'habits bariolés, de pantalons rayés, de vestes trop larges et de chemises bleues et jaunes. L'un d'eux brailla qu'il s'appelait Jim Crow et travaillait sur une plantation de tabac. Il débitait des plaisanteries qui faisaient hurler de rire les spectateurs. Il souriait exagérément et roulait constamment les yeux, ce qui accentuait le côté imbécile-heureux de son personnage.

— Je vais devoir moi aussi me peinturlurer la face en noir ? demanda Tommy.

— Évidemment, pas de *minstrel show* sans *blackface*.

Les musiciens attrapèrent leurs instruments. Les deux au centre jouaient du violon et du banjo, sur les côtés l'un tapait sur un tambourin, l'autre faisait claquer des os entre ses doigts.

— À gauche, c'est Monsieur Tambo. À droite, c'est Monsieur Bones, expliqua Benjamin Flammes. Regarde plutôt Jim Crow, au milieu, avec son banjo. C'est comme ça qu'il faudra jouer sur le bateau.

Si seulement je pouvais retourner dans le pays du coton,
c'était le bon vieux temps.
Le pays de Dixie est si loin, si loin, si loin.
Dans le Sud, j'aimerais retourner, y vivre et y mourir.

— À l'entendre, murmura Tommy, les esclaves avaient la vie facile dans les plantations. Ce n'est pas ce que m'a raconté Lunsford Carter. Selon lui…
— Qu'importe, l'interrompit Benjamin Flammes, observe et apprends.

Après une dizaine de chansons, la troupe des *New Virginia Minstrels* annonça le dernier numéro, la *Danse du sable*. Jim Crow s'avança sur le devant de la scène et tira de sa poche une poignée de sable qu'il répandit par terre. Le son du frottement de ses semelles sur le sol ensablé rythmait la mélodie.
— Et ça, je vais devoir le faire ?
— Non, contente-toi d'apprendre à jouer et à chanter les morceaux.

*
* *

Après une courte escale, le *Tonkin* quitta Djibouti, ses maisons blanches et les montagnes sèches du Harar pour s'engouffrer dans la mer Rouge. En même temps qu'il avançait sur ce large couloir marin entre l'Afrique et l'Asie, une chaleur étouffante s'abattit sur le paquebot. Dans la journée, un soleil brut martelait le pachyderme de métal. La nuit, la température écrasante forçait les passagers à fuir leur cabine et à aménager leur couche sur des matelas éparpillés sur le pont. Le capitaine Yoshikawa n'autorisa pas les geishas à dormir dehors et à se mélanger aux autres voyageurs. Elles devaient rester dans leur chambre où l'air était irrespirable. Bien qu'habituée aux soirées d'été chaudes et humides de Kyoto, O-miya souffrait de la canicule qui s'était invitée à bord.

La traversée sur cette mer sans vagues était interminable. Pendant trois jours, le capitaine Yoshikawa fut terrassé par la chaleur et atteint d'une forte fièvre. Les geishas désignèrent O-miya pour s'en occuper. Elle veillait sur lui et appliquait un linge imbibé d'eau froide sur son front. Parfois il délirait :

— On va tous mourir, abandonnez la canonnière !

— Calmez-vous.

Elle épongeait la sueur sur son visage et pour l'apaiser, elle soufflait des poèmes :

Ah ! Herbes d'été
Tout ce qui reste des rêves
De tant de guerriers[1]

1. Poème de Matsuo Bashô (1644-1694).

Quand la fièvre fut passée, le capitaine Yoshikawa n'adressa à la geisha qu'un mot, simple mais sincère.

— Merci.

Fin mars, le navire atteignit l'embouchure du canal de Suez.

*
* *

Attendre était trop dur. Oublier aussi. Sally Ann décida de partir à la recherche de Tommy. Elle espérait un moment opportun pour s'enfuir. L'occasion se présenta le premier dimanche d'avril : afin d'approvisionner le stock de tissus de sa boutique, Tante Rachel emmena ses nièces à Greensboro chez un grossiste dont l'entrepôt se situait à quelques enjambées de la gare.

La veille, Sally Ann avait prévenu ses sœurs :

— J'ai assez d'argent pour aller à New York, j'irai demain. Je n'ai rien dit à Tante Rachel.

Ses sœurs avaient vivement protesté, mais Sally Ann était déterminée.

— Rassurez notre tante quand je serai partie. Je vous promets de revenir dans quelques jours.

Une fois chez le grossiste, à Greensboro, Sally Ann chuchota à ses sœurs :

— J'y vais. Restez dans le magasin avec Tante Rachel et aidez-la à choisir les tissus. Dites-lui que j'ai une course à faire et que je serai de retour dans une heure. Quand l'heure sera passée, donnez-lui cette lettre.

Sally Ann avait rédigé quelques lignes :

Tante Rachel,

Je pars à New York pour annoncer à Tommy la mort de mon père.

Je veux lui dire aussi que son banjo est réparé.

Ne t'inquiète pas. Je rentre vite.

Elle marcha en hâte vers la gare, avec un sac léger dans lequel elle avait jeté des habits à la va-vite et le pistolet de son père, tiré d'un tiroir derrière le comptoir du Smoky Mountain. Elle acheta un billet pour New York avec l'argent de la boîte en métal cachée sous le lit de Jim l'Ours et embarqua dans le train qui ne tarda pas à démarrer. Assise sur la banquette, elle fut saisie par une immense fatigue, incapable de lancer un regard en arrière sur la ville.

J'ai perdu la raison.

Plus tard, elle remarqua la présence de musiciens dans le wagon, grâce à leurs étuis à instruments. Elle les interrogea au sujet de Benjamin Flammes. Par chance, l'un d'eux était un habitué du Mc Sorley's et lui fournit l'adresse du bar.

Le lendemain, à New York, après une mauvaise nuit dans sa couchette où elle avait gardé le pistolet à portée de main, elle suivit les indications des musiciens pour se rendre au bar irlandais. Sur la porte était écrit « Fermé » et « Interdit aux femmes ».

Il est midi, il doit y avoir quelqu'un à l'intérieur.

Elle frappa à plusieurs reprises. Le patron du bar finit par ouvrir.

— Vous ne savez pas lire ?

— Je cherche Benjamin Flammes et Tommy, le joueur de banjo. Je suis une amie. Pouvez-vous me dire où je peux les trouver ?

— Vous n'avez pas de veine, ils embarquent aujourd'hui sur un bateau pour la France.

— Comment ?

— Leur paquebot part cet après-midi. Il s'appelle le *Bretagne*, si je me souviens bien.

La jeune femme éclata en sanglots.

— Je suis venu de Mount Airy, toute seule, juste pour parler à Tommy.

Le patron du bar avertit le serveur qui nettoyait le sol :

— Cette fille est une amie de Tommy, je l'emmène aux docks.

Il dit à Sally Ann :

— Je prépare la carriole.

— Merci, merci mille fois.

Une heure fut nécessaire pour gagner le port. À une centaine de mètres des quais, l'attelage ne pouvant pas avancer plus loin, le patron conseilla à Sally Ann de continuer à pied. Elle courut vers les silhouettes des navires.

C'était la cohue pour observer le départ des bateaux. Désespérée, elle interrogeait les passants :

— Le *Bretagne* ? Savez-vous où est le *Bretagne* ?

Un homme en uniforme de marin finit par désigner un immense paquebot, avec deux cheminées et deux mâts :

— C'est lui, c'est le *Bretagne*.

Un son de corne de brume déchira le ciel. Le géant flottant se détachait de New York.

Trop tard.

Sally Ann fixait le navire qui s'éloignait vers l'horizon. Il ne fut bientôt plus qu'un point minuscule sur la mer.

Effondrée, ignorée par la foule, elle pleurait, assise sur un caisson en bois probablement oublié sur les quais.

*

* *

Le *Tonkin* progressait au ralenti sur le canal de Suez. La chaleur était telle qu'un silence total régnait sur les ponts du navire. Les passagers étaient vautrés sur leur chaise longue sans aucune énergie pour la conversation.

Dans le salon réservé aux hommes, le capitaine Yoshikawa et Tadamasa Hayashi discutaient en buvant du vin frais. Les chemises des deux hommes étaient trempées. La sueur ruisselait sur leurs tempes. En allumant un cigare, Hayashi demanda :

— Qu'allons-nous faire des geishas pendant l'Exposition ?

— Je recommande de les garder enfermées dans le pavillon et de les montrer le moins possible. Elles ne doivent en aucun cas se promener librement dans Paris, vous avez vu ce qui s'est passé l'autre jour avec les Français. Ils sont intenables.

— N'oubliez pas que les geishas sont invitées par le gouvernement français, il serait fâcheux que personne ne puisse les voir pendant l'Exposition. Et ces tristes habits que vous leur imposez sont bien mornes comparés aux kimonos flamboyants auxquels s'attendent les Européens.

— Je suis d'accord pour que les geishas donnent des spectacles de danse et de chant plusieurs fois par jour, seulement il faut limiter les contacts avec les étrangers. J'interdirai qu'elles sortent du pavillon en dehors de ces représentations. Quant à leurs habits, je recommande la sobriété pour éviter les incidents.

Tadamasa Hayashi n'était pas d'accord, mais la chaleur lui ôtait toute volonté d'argumenter.

— Comme vous voulez, vous êtes chargé de leur sécurité, c'est vous qui décidez. Toutefois je ne pense pas que cela plaira aux Français.

— Nous verrons.

— Oui, nous verrons. Pour le moment, buvons, Capitaine. Il n'y a rien d'autre à faire sur ce bateau qui n'avance pas.

*

* *

Tommy contemplait l'océan bleu foncé. La mer qui s'étendait à perte de vue lui rappelait la forêt sans fin des Appalaches. Une voix interrompit sa rêverie :

— Bonjour, l'ami.

Un homme d'une cinquantaine d'années, avec une épaisse barbe noire, se tenait derrière lui.

— Auriez-vous du feu, jeune homme ?

— Non.

— Tant pis. Américain ?

— Oui. Et vous ?

— Américain moi aussi. Qu'est-ce qui vous amène sur ce bateau ?

— Je suis musicien.

— Intéressant. De quel instrument jouez-vous ?

— Du banjo.

— Dommage, je n'ai pas de place pour les cordes dans mon orchestre. Il n'y a que des cuivres.

— Vous êtes musicien ?

— Compositeur. Je m'appelle John Philip Sousa. Ma fanfare va jouer à Paris, pendant l'Exposition universelle. Ensuite nous voyagerons en Europe.

— Moi, je ne vais pas à l'Exposition. Je travaille sur le bateau.

— Vous êtes jeune, vous aurez d'autres occasions. Quand est-ce que vous jouez ?

— Ce soir, dans le fumoir. Ce sera un *minstrel show*.

— Je ne veux pas manquer ça !

*

* *

Avant de s'élancer sur la Méditerranée, le *Tonkin* fit une halte de plusieurs heures à Port-Saïd. Perdue dans ce décor étranger, O-miya oublia que c'était son anniversaire. D'habitude, les petits cadeaux de Wako et des geishas de la maison de thé Shizu-chaya lui rappelaient l'événement.

Des barges de charbon accostèrent le paquebot pour le ravitailler. Elle s'interrogeait sur la peau des hommes sur ces embarcations :

était-elle noire de naissance ou était-ce dû à la suie et à la poussière ? En observant sur l'autre flanc du navire, elle crut apercevoir le capitaine Yoshikawa sur une barque qui s'orientait vers les quais où grouillaient une myriade de canots à touristes.

Le soir, les passagers dans la salle à manger avaient changé leurs habits blancs pour des vêtements noirs, signe qu'on approchait de l'Europe.

Quand elle regagna sa cabine pour se coucher, le *Tonkin* quittait Port-Saïd. Dans le dos du navire, les lumières des boutiques ouvertes toute la nuit brillaient. Un des boys frappa à sa porte et lui remit une enveloppe. Elle contenait un peigne en ivoire emballé dans du papier de soie, ainsi qu'une note écrite à la main :

Bon Anniversaire.
Yoshikawa

*

* *

Quand le *minstrel show* débuta vers vingt et une heures, une forte houle secouait le navire. Tommy avait des haut-le-cœur. Ses vêtements de scène bariolés et le maquillage noir sur son visage le faisaient transpirer. La fumée du tabac et la chaleur lui étaient de plus en plus insupportables. Les spectateurs avaient le teint pâle. Plusieurs passagers, dont John Philip Sousa, victimes du mal de mer, quittèrent la pièce.

En partant, le compositeur barbouillé bredouilla :

— À une autre fois. Je dois aller nourrir les poissons.

Benjamin Flammes demeurait impassible. Le chahut de l'océan rendait son jeu plus ardent. Il buvait une gorgée de whisky dès que les morceaux le permettaient. Tommy l'avait rarement vu aussi concentré.

Le *Bretagne* pencha brusquement sur le flanc. Des voyageurs effrayés poussèrent un cri. Des bouteilles se brisèrent sur le sol. La chaise de Tommy se renversa. Il bascula en arrière et se retrouva à terre.

— Tous à vos cabines, hurla un matelot, c'est la tempête !

La plupart des hommes se ruèrent hors du fumoir. Partout dans le navire, les passagers paniqués couraient dans les couloirs en s'appuyant aux murs, en s'accrochant à ce qui leur tombait sous la main pour ne pas chuter.

Benjamin Flammes continuait à jouer.

Trois ou quatre spectateurs, totalement ivres, restaient là à l'écouter.

— Flammes ! supplia Tommy, retournons à la cabine !

— Pas question. La tempête ne m'arrêtera pas.

Benjamin Flammes était comme possédé, il ne lâchait pas son violon qui crachait des notes virevoltantes. Il déclara :

— Je vais défier Dieu.

Il s'extirpa du fumoir, avança dans la coursive et franchit la porte qui donnait dehors, sur le pont. Tommy et deux matelots lui coururent après. Ils s'immobilisèrent au niveau de la porte ouverte, les mains calées sur les murs du couloir. La mer vomissait son écume sur le paquebot impuissant. Le navire était soulevé par des rouleaux gris monstrueux, puis retombait lourdement.

— Revenez ! hurlaient les trois hommes, vous allez mourir !

Benjamin Flammes, au milieu de cette furie, cala son violon sous son menton.

Fouetté par le vent et l'océan, il restait debout et jouait.

Quelle vision hallucinante que ce violoneux faisant glisser son archet en pleine tempête, le visage fardé de peinture noire dégoulinante ! Les trois hommes n'en croyaient pas leurs yeux. Une vague énorme s'écrasa sur le pont. Benjamin Flammes fut terrassé. Sa tête heurta violemment le sol et son corps fut projeté contre la paroi de métal.

— C'est fini, cria un des matelots, fermons la porte et rentrons.

— Attendez !

Tommy bondit dehors. Une vague l'emporta du côté de la paroi où gisait le corps inerte de Benjamin Flammes. Il agrippa le col de la chemise du violoneux. Les matelots lancèrent une corde. Tommy l'attrapa tout en maintenant fermement son ami. Les hommes les tirèrent à l'intérieur et fermèrent la porte. Benjamin Flammes respirait. Ils l'emmenèrent dans sa cabine et l'attachèrent à sa couche. Tommy, exténué, s'allongea et s'accrocha avec une sangle.

Pendant la nuit, la tempête redoubla d'intensité. Tous les objets de la pièce étaient bringuebalés, balancés contre les murs. Tommy n'avait plus de repères. Le contenu de son sac était éparpillé. Il s'inquiétait pour Étoile du Nord abandonné dans le fumoir. Quant au violon de Benjamin Flammes, il devait être en train de couler vers les profondeurs de l'océan.

Le bateau ne résistera pas à une telle furie.

Dans sa main, Tommy serrait le sachet brodé que lui avait tendu Sally Ann à la gare de Greensboro. Il l'ouvrit et découvrit une mèche de cheveux roux. À New York, il avait peu pensé à elle, obnubilé par la musique.

Si je survis, je t'épouserai.

Finalement, la fatigue eut raison de lui.

Sa main s'ouvrit, la mèche de cheveux glissa entre ses doigts.

*

* *

À la demande des passagers, Tadamasa Hayashi organisa un spectacle de danse et de chant pour rompre la monotonie du voyage sur le *Tonkin*. Il avait convaincu le capitaine Yoshikawa en arguant que cela leur donnerait un avant-goût de l'accueil du public parisien.

Il avait insisté pour que les geishas portent leurs plus beaux habits et accentuent leur maquillage en appliquant plus de fard sur leur visage qu'à l'accoutumée.

Me voilà redevenue une apprentie geisha, pensa O-miya devant le miroir. *À quand remonte la dernière fois que j'ai eu les joues aussi blanches et les lèvres aussi rouges ?*

Dans la grande salle, le dessert avait été servi. Les yeux épiaient la scène, impatients de voir les geishas faire leur entrée. Le général Émile Normand et ses hommes, dont la table était de loin la plus bruyante, entamaient leur onzième bouteille de vin. Tadamasa Hayashi se présenta sur l'estrade et annonça une danse traditionnelle interprétée par Aki, accompagnée du petit tambour et du koto.

Les mouvements de la geisha, d'une lenteur et d'une élégance extrême, étaient ponctués par les coups secs du tambourin.

— On va s'endormir, grogna le général Émile Normand.

Ses amis ricanèrent.

— Elle a bougé ou je rêve ?

Ils rirent plus fort.

— Pauvre fille, elle doit sacrément s'ennuyer en dansant.

Ils se gaussaient d'elle grossièrement, provoquant l'embarras de leurs voisins.

Après quelques applaudissements, Tadamasa Hayashi apparut à nouveau, le crâne luisant à cause de la transpiration.

— O-miya va maintenant nous interpréter un air de shamisen.

Émile Normand émit un bâillement sonore dont l'unique but était d'être entendu par la salle entière.

Une chaise fut placée au centre de la scène. O-miya s'en approcha à petits pas et s'inclina vers l'auditoire avant de s'y asseoir. Elle accorda son shamisen. Son poignet se plia, le plectre toucha les cordes, les premiers accords retentirent.

Le général Émile Normand écoutait.

Il n'en revenait pas.

Dans la salle tombait une pluie fine.

Une pluie de notes.

Cette musique pénétrait sa peau. Sa gorge était sèche, ses certitudes vacillaient.

Il se souvenait. C'était en 1884, ou en 1885. À Paris.

Fannie.

Pendant trois mois, il l'avait aimée passionnément. Un amour comme jamais avant, ni jamais après. Avant de lui dire au revoir, il l'avait embrassée sous la pluie.

Jusqu'à ce soir, il l'avait effacée de sa mémoire.

Les applaudissements, après le dernier accord, balayèrent la pluie et les larmes de Fannie.

Le général ordonna à ses hommes de lui verser le fond de la bouteille de vin.

*

* *

La mer s'était calmée. Le *Bretagne*, à nouveau maître des océans, poursuivait sa route vers l'Europe.

Tommy se réveilla. La cabine était *sans dessus dessous*. Une fine couche d'eau recouvrait le sol. Benjamin Flammes, endormi, respirait péniblement. Un médecin vint l'ausculter. Il souffrait peut-être d'une hémorragie interne. Si c'était le cas, il était condamné. Il avait aussi une fracture au poignet et plusieurs entorses. Après avoir appliqué les soins nécessaires, le médecin partit examiner les autres blessés.

Tommy rangea la chambre puis se rendit sur le lieu du spectacle de la veille. Parmi les chaises et les débris de verre disséminés partout dans la pièce, il ramassa Étoile du Nord, le manche cassé en deux.

L'avenir s'assombrissait. Il rentrerait à New York sans banjo et avec un Benjamin Flammes mort ou estropié.

Un homme de forte corpulence, les cheveux gominés, les joues rouges et la moustache noire, pénétra dans le fumoir. En voyant la grise mine de Tommy, un morceau de banjo dans chaque main, il s'exclama :

— Rien de grave, un instrument se répare comme n'importe quel objet. Il n'a pas l'air trop abîmé. Un peu de colle à bois et quelques jours de séchage, il sera comme neuf, je sais de quoi je parle.

— Vous vous y connaissez en banjo ?

— C'est mon métier.

Il tendit une carte de visite :

Gennaro Iucci
Fabricant d'instruments
de musique modernes et raffinés.
238 Mott, New York.

Et poursuivit :

— Je fabrique dans mon atelier de superbes pièces : des banjos, des mandolines et des guitares. Je vais les présenter à l'Exposition universelle pour dénicher des clients européens. Dis donc, je t'ai vu à l'œuvre hier soir.

Tu te débrouilles. D'abord, je me suis dit, ce gamin il n'est pas musicien, il est, comment dire, trop tranquille. La plupart des bons musiciens que je connais sont complètement fous. Mais toi, tu as la tête sur les épaules. Et en plus tu sais jouer.

Il se gratta la nuque :

— Encore une fois je parle et je parle ! Viens ce soir au bar, je voudrais te proposer un marché. Pour ton banjo, ne t'inquiète pas, j'arrangerai ça. Allez, au revoir, euh... comment tu t'appelles déjà ?

— Tommy.

— Moi c'est Gennaro.

— Je sais, c'est écrit sur votre carte.

— Ah oui ! À ce soir alors, je cours voir mon associé, le pauvre, il est dans un fâcheux état, pire que ton banjo.

Tommy rejoignit la cabine, il posa une bouteille de whisky près de Benjamin Flammes, toujours fiévreux et cloué dans son lit, qui grommela :

— J'ai une sacrée gueule de bois.

Tommy lui rapporta les inquiétudes du médecin.

— Ce docteur, quel charlatan ! Dans trois jours je serai sur pied.

Après le dîner, Tommy retrouva Gennaro Iucci au comptoir du bar de seconde classe.

— Qu'est-ce que tu bois ?

— Un whisky.

— Je t'invite. Parlons affaires tous les deux.

Après la blessure de son associé pendant la tempête, Iucci avait absolument besoin d'un remplaçant, capable de jouer du banjo ou de la mandoline et de discuter avec les Européens pour vendre les instruments à l'Exposition.

— Ça t'intéresse ? Je vois bien que tu n'es pas du genre bavard, mais ça se travaille. Je vais t'apprendre. Tu n'auras qu'à m'observer. Il suffit d'avoir de bonnes manières, de sourire et de connaître son produit, et le tour est joué. Vu ton talent pour le banjo, les clients vont affluer sur mon stand. Je te céderai un petit pourcentage sur les ventes et tu seras logé dans le même hôtel que moi et d'autres Américains. En novembre, on rentre à New York avec plein de commandes et d'argent dans les poches. Qu'en dis-tu ?

Tommy, qui le matin même s'imaginait revenir à New York dépité et sans banjo, avait maintenant l'opportunité de se rendre en Europe avec un luthier. C'était une chance extraordinaire. Il répondit avec amertume.

— J'ai un contrat pour jouer sur ce paquebot, je dois rester avec Benjamin Flammes.

— Tu es sûr ?

— Oui.

— Sûr de sûr ?

— Oui, je ne peux pas accepter.

— Tant pis. Si tu changes d'avis...

Tommy remercia Iucci pour le verre.

Benjamin Flammes se réveilla au beau milieu de la nuit. En tournant la tête, il discerna Tommy, affalé sur sa chaise, le regard planté dans le vide.

— Quelque chose te tracasse ?

Tommy sursauta.

— Non, non, Monsieur Flammes, je suis fatigué, c'est tout.

— Passe-moi donc la bouteille et raconte-moi ce qui ne va pas, au lieu de prendre cet air de chien battu.

6

Le 14 avril 1900, le président Émile Loubet inaugura l'Exposition universelle de Paris en compagnie d'une impressionnante délégation de ministres, d'officiers aux casques étincelants et d'huissiers en chapeaux hauts de forme.

Le lendemain matin, le docteur Azoulay se présenta avec un laissez-passer à l'un des guichets situés sous la porte Monumentale, alcôve géante aux pieds tentaculaires, dominée par la *Parisienne,* grande statue de femme aux bras ouverts et au menton subtilement relevé.

Pour transporter son phonographe, Léon Azoulay avait bricolé un chariot équipé d'un petit cartonnier en bois qui servait de socle et dont les tiroirs permettaient de stocker une vingtaine de phonogrammes. En le voyant passer avec ce matériel incongru, les enfants le questionnaient :

— Monsieur, c'est quoi, ça ?

— C'est un phonographe à roulettes.

— C'est quoi, un phonographe ?

— Voyons... C'est « une machine fantastique qui parle, qui chante et qui rit » !

Pour le premier portrait sonore, Léon Azoulay avait choisi le Viêt Nam parce qu'il espérait trouver aisément quelqu'un s'exprimant en français dans le pavillon du Tonkin. Après avoir franchi l'entrée des jardins du Trocadéro et distancé le bâtiment consacré à l'Algérie, aux allures de villa orientale, il gagna le palais des Arts industriels de l'Indochine. Au fond, un bazar alignait divers produits artisanaux. Au milieu de poteries entassées les unes sur les autres, un vieillard chétif fredonnait une chanson. Léon Azoulay lui demanda s'il parlait français.

— Oui, Monsieur.

Son rictus s'ouvrit sur une dentition limitée à une incisive et quelques molaires :

— On m'appelle « Deux Dents ».

— Monsieur Deux Dents, consentiriez-vous à me dire quelques mots en vietnamien, pour que je puisse les phonographier ?

— Je ne comprends pas ce que vous dites, mais j'accepte si vous m'achetez un ou deux pots.

— Marché conclu.

Léon Azoulay mit en route le phonographe et prononça distinctivement chaque mot suivant :

— Tonkin ; Hanoï ; les six tons : plein, descendant, grave, aigu, interrogatif, remontant.

Là-dessus, pendant deux minutes et trente-trois secondes, Deux Dents énonça les syllabes de sa langue, avec toutes les variations possibles. Le portrait sonore une fois terminé, le docteur Azoulay inscrivit sur la boîte du cylindre le numéro « 1 » et le texte « Viêt Nam, les six tons, 15 avril 1900 ».

Il effectua ensuite une vingtaine d'autres phonogrammes dans le pavillon de l'Indochine. Il réalisa notamment le portrait sonore d'un énigmatique violon à une corde.

De retour chez lui, exténué après avoir tiré son chariot et transporté un sac rempli de vases et de pots, il se dit qu'il devait tempérer son enthousiasme dans les jours à venir et limiter le nombre de phonogrammes par pays, sans quoi il risquait de ne pas avoir assez de cylindres pour créer le portrait sonore de tous les peuples et de toutes les époques enchevêtrés à Paris pendant l'Exposition.

*

* *

Les geishas logeaient dans l'un des grands hôtels construits sur la rive droite de la Seine, à une centaine de mètres des jardins du Trocadéro où se cachait le pavillon du Japon. Celui-ci était composé de cinq bâtiments : un petit palais impérial qui accueillerait des œuvres d'art sélectionnées par Tadamasa Hayashi, une pagode inspirée du temple Horyu-Ji de Nara, un salon de thé, un comptoir à saké et une boutique de babioles pour satisfaire le japonisme en vogue dans la capitale.

Le 19 avril 1900, les geishas donnèrent leur premier récital de chant et de danse dans le salon de thé. Il ne dura que trente minutes. Les jours suivants, la même représentation eut lieu deux fois, à quinze heures et à dix-huit heures.

Entre ces deux performances, les geishas se retiraient à l'intérieur du palais impérial. À l'abri du regard des visiteurs, elles pratiquaient l'art floral devant une poignée de privilégiés. Ces règles strictes avaient été fixées par le capitaine Yoshikawa.

Chaque jour, il escortait les huit femmes pendant leurs déplacements entre l'hôtel et le pavillon. Au cours de ces brefs trajets à pied, O-miya avait à peine le temps de contempler les merveilles autour d'elle. Dès la sortie de l'hôtel, la structure métallique de la tour Eiffel se dressait à l'autre bout du pont d'Iéna. À sa droite, le Globe céleste, sphère géante abritant un planétarium, arborait des parois ornées de cygnes, de pégases et de constellations. Juste avant l'entrée des jardins du Trocadéro, une musique gitane résonnait au-dessus des murs blancs du pavillon de l'Andalousie. Finalement, après avoir dépassé la villa algérienne et la maison du Canada, les geishas entraient dans le pavillon japonais, sous le regard du capitaine Yoshikawa.

Le soir, sur le chemin du retour, les lumières de la ville éblouissaient les jeunes femmes. L'électricité éclairait de toutes les couleurs. Deux énormes faisceaux lumineux balayaient le ciel et perçaient les nuages de la nuit. La grande roue illuminait les ténèbres, si bien que la lune faisait pâle figure à côté d'elle.

Dix jours après le début des spectacles quotidiens, Tadamasa Hayashi pensa que les geishas devaient se changer les idées. Il décida d'organiser une visite du Globe céleste pour les distraire. Sept des huit geishas refusèrent, préférant se reposer à l'hôtel. O-miya accepta, curieuse de voir ce qui se cachait à l'intérieur de la boule gigantesque. Le capitaine Yoshikawa rejeta l'invitation, jugeant ce divertissement inintéressant. Cependant il n'était pas rassuré de savoir qu'O-miya s'y rendrait seule avec Tadamasa Hayashi.

*
* *

Le stand des banjos et des mandolines Iucci se trouvait au rez-de-chaussée du palais des Lettres, des Sciences, des Arts et des Enseignements. Ce bâtiment immense abritait non seulement des instruments de musique, mais aussi des outils topographiques, des ustensiles de précision, des appareils photographiques et des livres sur le théâtre et la médecine.

La journée de travail sur le stand Iucci démarrait à neuf heures. Tommy passait d'abord un coup de chiffon sec sur les banjos. Après le nettoyage, il se tenait à disposition de Gennaro Iucci, qui pouvait lui demander de jouer pour les clients ou de discuter avec eux. Ce dernier exercice lui était pénible. Comme il ne savait pas bien s'y prendre pour vanter les mérites d'un instrument, il préférait faire une démonstration.

À première vue, il avait trouvé les instruments Iucci très tape-à-l'œil avec leurs incrustations nacrées en forme de papillons, de feuilles et de fleurs. Les noms des modèles étaient grandiloquents : Symphonico, Morning Glories ou Mellotone. Mais le son des banjos était d'une précision remarquable. Selon que l'on attaquait la corde avec l'intérieur, le centre ou l'extérieur de l'ongle, la note produite variait d'un ton clair à un ton plus ample. En contrepartie, toute approximation ou geste incertain de la main gauche se payait par une note criarde. Tommy apprivoisa les banjos en quelques jours, puis il s'essaya aux mandolines. Une semaine après l'ouverture de l'Exposition, il était capable de faire sonner les instruments Iucci avec une telle intensité que les autres luthiers venaient lui réclamer de jouer sur leur stand. Gennaro répétait :

— Désolé, mais le fiston ne joue que sur les banjos et les mandolines Iucci.

S'ils insistaient, il s'emportait :

— Du vent ! Vos instruments ne sont que de vulgaires bouts de bois comparés aux miens !

S'il pouvait faire une démonstration probante des instruments, Tommy n'avait pas encore réussi à en vendre, à cause de son aversion pour la « discussion à but commercial », telle que l'appelait Gennaro. Cela n'ennuyait guère le luthier :

— Ça viendra, regarde-moi et apprends.

Tommy observait alors son patron parler aux clients. Il nota qu'en réalité les paroles importaient peu, du moment qu'elles étaient débitées selon un flot continu et ponctuées de rires, de gestes exagérés et de tapes amicales.

Le midi, Tommy s'asseyait sur les marches à l'entrée du palais des Lettres pour manger un sandwich. À une centaine de mètres était enraciné un des pieds de la tour Eiffel. Le palais de l'Optique, juste en face, l'intriguait. On pouvait y voir, disait-on, une goutte d'eau de la Seine grossie dix mille fois.

Tout en mâchant son morceau de pain, il scrutait les Parisiens. On aurait dit qu'ils participaient à une grande fête. Une sorte de légèreté voltigeait dans les allées de l'Exposition. Les robes des dames étaient en soie, en satin, avec des dentelles et des broderies, parées de bijoux aux courbes emmêlées comme des plantes volubiles. Elles portaient des chapeaux extravagants avec des plumes et des rubans. De même, aucun homme n'allait tête nue, ils étaient coiffés de hauts-de-forme ou de capes anglaises pour la majorité, ou d'une casquette pour les autres. Tommy s'amusait du soin porté aux moustaches, aux foulards et aux gilets parés de chaînes pour goussets.

Il se remémorait souvent les mots de Benjamin Flammes, prononcés dans la fumée d'un cigare, la nuit, sur le *Bretagne*, quand il avait rejoint la cabine, dépité après avoir refusé la proposition de Gennaro Iucci :

— Il y a une chose qui fait la différence entre un bon musicien et un grand musicien. Tu sais ce que c'est ?

— La sensibilité.

— Non.

— La technique ?

— Foutaise !

— Euh… l'improvisation ?

— Non plus. Ce qui fait la différence, c'est l'attitude. Joue avec tes tripes, pas avec ta tête. Compris ?

— Oui… je crois…

— Parfait. Va à Paris et apprends tout ce que tu peux.

— Mais je ne peux pas vous laisser !

— Je n'ai plus rien à t'apprendre.

— Et le contrat ? Vous ne pouvez pas jouer dans cet état.

Benjamin Flammes avait alors relevé sa couverture et posé ses pieds nus sur le plancher de la cabine. Puis il s'était mis à danser, en chemise de nuit, un *reel* irlandais.

Alors que Tommy se demandait s'il était victime d'une hallucination, le violoneux était déjà retourné sous ses draps, le souffle haletant.

— Je t'avais dit que je serais vite remis.

Le dernier soir sur le *Bretagne*, en guise d'adieu, Benjamin Flammes lui avait révélé un secret :

— Je vais te confier la vérité sur une rumeur à mon sujet. On prétend que je peux jouer tellement vite que mon violon s'est enflammé pendant un concert.

— Oui, j'ai entendu cette histoire.

— Ce jour-là, j'avais renversé du whisky sur les cordes. Les cendres de mon cigare ont déclenché les flammes. Mais garde-le pour toi !

Tommy osa :

— On dit que vous avez passé un pacte avec le Diable. Ça aussi c'est faux ?

Le sourire de Benjamin Flammes s'était figé.

— Non, c'est vrai. Mais garde-le pour toi.

Et il avait éclaté de rire.

*

* *

O-miya et Tadamasa Hayashi n'avaient pas un long trajet à parcourir jusqu'au Globe céleste. Ils n'eurent qu'à traverser la Seine, en empruntant le pont d'Iéna, puis suivre la passerelle suspendue au-dessus de l'avenue de Suffren pour atteindre le pied de la sphère bleu et or, haute de quarante-cinq mètres. Hayashi paya deux tickets à un franc cinquante, ils pénétrèrent à l'intérieur. Sur la voûte, des milliers d'étoiles artificielles scintillaient. Ils prirent place à l'une des tables du café-restaurant et burent un thé, les yeux rivés sur ce ciel illuminé. Leurs voisins détournèrent leur regard du plafond étoilé quand ils aperçurent O-miya dans sa robe bleu clair, sous son chapeau blanc avec un ruban orangé. Hayashi avait insisté pour qu'elle porte cette tenue raffinée, offerte par le gouvernement français aux geishas, plutôt que la tunique insipide imposée par le capitaine Yoshikawa.

Un orgue se mit à jouer des notes aériennes.

— Regardez comme les Français ont l'air d'avoir envie de s'amuser, dit-il.

Avec un coup d'œil discret autour d'elle, O-miya constata que les hommes et les femmes riaient et chahutaient.

— Qu'est-ce qui les rend si joyeux ?

— Ils ont envie d'oublier une triste affaire qui les divise, la condamnation injuste d'un capitaine de l'armée.

— J'aimerais être heureuse comme eux. Mais ces étoiles me rappellent les soirées d'automne à Kyoto.

— Allons, cessez de vous tourmenter. Vous rentrerez au Japon en novembre. Pour le moment, profitez de la vie parisienne.

— Ce n'est pas si facile, avec le capitaine Yoshikawa qui nous surveille constamment.

— Nous ne sommes à Paris que depuis deux semaines. Quand il comprendra qu'il n'y a rien à craindre ici, je suis sûr qu'il vous laissera aller librement.

Hayashi désigna une plate-forme située au-dessus du café-restaurant.

— Allons voir les astres de plus près.

Ils montèrent un escalier en colimaçon pour rejoindre l'observatoire en forme de petite planète. Hayashi lut à voix haute le panneau explicatif :

Ici, vous regardez le ciel
comme si vous étiez au pôle Nord.

Ils restèrent une vingtaine de minutes sur la plate-forme, avant de se diriger vers la sortie.

Sur la passerelle enjambant l'avenue de Suffren, il y avait plus de monde qu'à leur arrivée. Des enfants cavalaient entre les robes, les bicyclettes et les ombrelles de la foule endimanchée. Quand le Globe céleste fut à une trentaine de mètres derrière eux, O-miya sentit la passerelle vibrer sous ses pieds.

Un tremblement de terre ?

La vibration s'arrêta.

— Vous avez senti ?

— Oui. Hâtons-nous.

D'un pas pressé, ils avancèrent plusieurs mètres. Une seconde vibration, beaucoup plus forte, secoua les planches en bois. La structure entière se mit à chanceler. Un son atroce de métal broyé retentit, puis des cris de terreur. O-miya sentit le sol se dérober sous ses pieds.

Un amas de poussière s'éleva.

La passerelle venait de s'effondrer.

*

* *

— C'est bon d'être chez soi.

Déclara Benjamin Flammes en posant le pied sur le sol américain.

Sur le quai, un attroupement de journalistes et de curieux l'attendait. L'histoire du violoneux défiant l'océan l'avait devancé en empruntant le câble transatlantique. Le récit figurait en bonne place dans les pages des journaux et circulait sur toutes les lèvres. Benjamin Flammes ajusta son col de chemise, tira sur son gilet et alluma un cigare. Les journalistes l'assaillirent :

— À quoi pensiez-vous sur le pont du *Bretagne*, en pleine tempête ?

— Étiez-vous ivre ?

— Quel air avez-vous joué ?

— Était-ce une tentative de suicide ?

— Êtes-vous complètement fou ?

Benjamin Flammes leva la main pour mettre fin au brouhaha.

— Messieurs, je suis fatigué. Permettez-moi de me reposer quelques heures, maintenant que je suis de retour sur cette bonne vieille terre new-yorkaise. Et retrouvez-moi ce soir au Mc Sorley's, je vous raconterai tout.

La foule lâcha un hourra et des hommes lancèrent leur casquette dans le ciel.

*

* *

O-miya ouvrit les yeux. Sa tête lui faisait horriblement mal. Elle était sur le dos. Des voix hurlaient des mots incompréhensibles. Elle sentit une masse appuyer sur sa cheville, puis sur son ventre, avec une extrême violence. Elle tenta de se relever. Un poids s'abattit sur son bras, la clouant au sol avec une douleur intense. Elle voyait des jambes, des souliers, des chaussures qui couraient autour d'elle de manière totalement désordonnée. De sa main coulait du sang noir mêlé de poussière blanche. Elle comprit avec effroi qu'elle était en train de se faire piétiner par la foule. Elle ferma les yeux.

Je vais mourir.

Des bras, forts, passèrent sous ses jambes et ses épaules, la soulevèrent. Portée comme un enfant, elle regardait les yeux gris de celui qui l'emmenait hors de cet enfer.

*

* *

La jeune femme avait des cheveux noirs et un visage oriental.

Dans ses bras, elle respirait doucement, inconsciente.

Elle est légère.

Il la déposa délicatement sur l'herbe du jardin du palais de l'Optique. Il essuya le sang sur sa main avec l'eau de la fontaine. Elle avait des coupures sur les chevilles et sur les bras.

Vingt minutes plus tôt, tandis qu'il mordait dans un jambon-beurre, Tommy avait entendu un énorme vacarme, comme un éboulement de roches, derrière le palais de l'Optique. Il s'était précipité en direction du bruit.

À la gare du Champ-de-Mars, il avait perçu des cris de détresse venant du Globe céleste, avant de découvrir un enchevêtrement de bois et de tôle d'où émanaient les gémissements de corps prisonniers.

Une jeune femme était à terre, piétinée par les gens paniqués. Il s'était frayé un chemin vers elle et l'avait portée jusqu'ici.

Un homme asiatique, chauve, les vêtements déchirés et le front en sang, accourut dans leur direction. Seule sa moustache aux pointes bouclées semblait intacte. Il se pencha sur la jeune femme et bafouilla quelque chose dans une langue étrangère.

Il s'adressa ensuite à Tommy :

— Vous parlez français ?

— Non, anglais.

— Il faut l'emmener dans sa chambre, à l'hôtel, reprit l'homme en anglais, où elle pourra voir un médecin. Pouvez-vous m'aider à la transporter ?

— Oui, attendez, j'ai ce qu'il nous faut. Je reviens tout de suite.

Tommy se rua vers le palais des Lettres. À l'intérieur, il s'orienta vers l'emplacement réservé aux instruments de médecine. Il se souvenait d'y avoir vu exposé un brancard en toile. Il trouva l'objet et l'embarqua.

Ils y allongèrent O-miya.

— C'est de l'autre côté du fleuve, indiqua Hayashi.

Au milieu du pont d'Iéna, ils furent arrêtés par un autre homme aux traits asiatiques, essoufflé, qui s'adressa à Tommy d'un ton ferme, en anglais :

— Merci pour votre aide, Monsieur. À partir de maintenant je prends le relais. Veuillez me laisser la porter. Vous serez utile là-bas, il reste certainement des gens sous les débris. Aidez-les.

Il saisit les poignées du brancard que tenait Tommy. Il fit un signe de la tête à son compatriote et ils reprirent la marche.

En emportant la jeune femme vers l'autre rive, l'homme qui boitait cria à Tommy :

— Quel est votre nom ?

*

* *

À la une des journaux du 30 avril 1900, on pouvait lire :

Exposition universelle de Paris : l'effondrement de la passerelle du Globe céleste fait neuf morts et de nombreux blessés.

Le médecin était optimiste. O-miya n'avait que de légères contusions et des coupures peu profondes. Mais Hayashi s'inquiétait :

— Pensez-vous qu'elle sera guérie pour l'inauguration officielle du pavillon japonais, dans dix jours ?

— C'est difficile à dire.

— Il faut absolument qu'elle soit capable de jouer et de chanter ce jour-là. Des personnes importantes assisteront au spectacle.

— Je pense que son corps sera remis de ses blessures. Quant à savoir si elle sera capable de chanter après une telle épreuve, je ne peux pas me prononcer.

— O-miya ne sortira pas de sa chambre tant qu'elle ne sera pas complètement remise, insista le capitaine Yoshikawa. Je me moque de savoir qui sera là pendant l'inauguration. Vous voyez bien qu'elle est blessée à la main droite !

— Elle n'a aucune fracture, affirma le médecin.

— Qu'importe. Si elle ressent la moindre douleur, elle ne jouera pas.

O-miya passa les cinq jours suivants à dormir. Le docteur avait prédit qu'elle aurait un sommeil agité, mais il n'en fut rien. Quand elle se réveilla, elle demanda au capitaine Yoshikawa qui était l'homme aux yeux gris qui l'avait sauvée.

— Selon Hayashi, il est américain. Malheureusement, nous étions tellement préoccupés par votre sort que nous ne lui avons pas demandé son nom.

Cette nouvelle attrista O-miya.

En vérité, sur le pont d'Iéna, ils avaient entendu le nom de l'Américain. Ils s'étaient promis de le remercier d'une façon ou d'une autre, mais aussi de ne pas révéler son identité à O-miya. Yoshikawa voulait éviter que les geishas n'entrent en contact avec des étrangers. À la suite de l'accident du Globe céleste, il interdit aux jeunes femmes de se montrer en dehors des spectacles. Il bannit les échanges de paroles avec les visiteurs et prohiba les sorties à l'extérieur du pavillon et de l'hôtel.

Dix jours après l'effondrement de la passerelle, O-miya fut présente pour l'inauguration du palais impérial. Les festivités commencèrent par une visite du bâtiment. Les invités, parmi lesquels plusieurs ministres et l'ambassadeur du Japon, admiraient les œuvres d'art choisies par Tadamasa Hayashi. C'étaient des statues en bronze de la déesse Kannon, des démons peints sur des rouleaux en soie, des laques ornées de cigognes, une armure dorée, un casque paré d'un croissant de lune argenté. Les ministres européens s'exclamaient devant la beauté de ces objets tout en se souvenant qu'à deux kilomètres de là, dans le palais de l'Industrie, les Japonais exposaient des plaques de blindage, des chaudières tubulaires et des machines complexes rivalisant avec les dernières inventions allemandes. Les ministres goûtèrent ensuite des alcools dans le pavillon à saké. L'inauguration officielle se clôtura par le spectacle des geishas.

O-miya joua du shamisen, machinalement, telle une marionnette en bois.

*
* *

Tommy n'avait aucune idée de l'identité de la jeune femme qu'il avait secourue. Leurs regards s'étaient croisés un instant, puis elle avait perdu connaissance. Il s'imaginait qu'elle était chinoise, comme certains ouvriers qu'il avait vus sur la carrière de granite à Mount Airy. L'homme qui était venu à eux, en boitant, sur le pont, lui avait fait forte impression. Il avait obéi à son ordre et était retourné sur les lieux de l'accident pour aider à dégager les victimes.

Le 11 mai 1900, Gennaro Iucci et Tommy se rendaient à l'inauguration du pavillon des États-Unis. En chemin, la rue des Nations était un tel mélange d'architectures et de formes que l'œil de Tommy ne put s'accrocher qu'à des détails. Il remarqua une ribambelle de fanions multicolores claquant au vent devant le pavillon de la Suède. Les tourelles du château polonais étaient vrillées comme si elles étaient modelées en cire fondue. Le beffroi de la principauté de Monaco en imposait par sa hauteur et sa lourdeur.

Au moment où ils dépassaient les deux statues d'ours blanc trônant au-dessus de la porte du palais finlandais, une musique puissante retentit à deux ou trois cents mètres.

— Des cuivres, s'exclama Gennaro, le concert commence.

Devant le pavillon des États-Unis était rassemblée une foule de passants. Un homme dirigeait un orchestre en agitant une baguette avec de grands gestes. Tommy reconnut l'épaisse barbe noire du compositeur qu'il avait croisé sur le *Bretagne*. Face à une quarantaine de musiciens en uniforme de parade, John Philip Sousa balançait ses bras avec des mouvements énergiques. À la fin du morceau, il annonça :

— Nous allons maintenant interpréter une marche appelée *The Stars and Stripes Forever*.

Au début, les tambours se mirent en branle. Tommy sentit ensuite les notes graves des trombones lui saisir l'abdomen et les envolées des trompettes, presque palpables, cogner sur sa poitrine. Le volume sonore était ahurissant. Un moment, les basses se turent et les flûtes reprirent la mélodie, gazouillant comme des oiseaux. Pour finir, dans le dernier mouvement, les instruments projetèrent d'un seul corps toute leur puissance.

Après l'inauguration du pavillon américain, les acheteurs se présentèrent plus nombreux sur le stand Iucci. Tommy réussit à vendre deux banjos et une mandoline. En imitant Iucci et en répétant ses phrases clés, puis en développant un style plus personnel dans lequel il alternait explications techniques et démonstrations, il gagna la confiance des clients qui appréciaient sa façon calme de s'exprimer.

Il décrivait chaque instrument comme on parle d'un vieil ami.

La deuxième semaine de juin, il décrocha une commande de vingt-cinq mandolines pour un commerçant allemand. Iucci était aux anges.

— Je t'avais dit qu'en suivant mes conseils ça marcherait. Des bonnes manières, un sourire, et les billets pleuvent ! Je suis fier de toi, fiston. Dis-moi, quels sont tes projets quand tu vas rentrer au pays ?

— Je vais aller à Mount Airy et retrouver Sally Ann.

Iucci lui tapa dans le dos.

— Ah ! L'amour !

Puis, plus sérieux, il reprit :

— Nous devons discuter affaires tous les deux. Depuis plusieurs jours, j'ai une idée qui me trotte dans la tête. Tu m'écoutes ?

— Oui.

— Tu pourrais travailler avec moi à la boutique, à New York. Je t'apprendrai à fabriquer des banjos.

— Et Sally Ann ?

— Décide-la à te rejoindre.

Il ne laissa pas à Tommy le temps de répondre :

— Pour les détails, on verra plus tard. Ah oui, j'oubliais ! Regarde ton banjo. Je l'ai retapé.

Il ouvrit un coffre dont il sortit Étoile du Nord. Le luthier avait passé une nuit à réparer l'instrument. Il avait redonné leur brillant d'origine aux incrustations en nacre grâce à un liquide secret dont lui seul connaissait la composition. Les sept étoiles étincelaient sur le manche.

*
* *

Mi-juin, une lettre arriva au pavillon du Japon :

À Monsieur le capitaine Yoshikawa,

Nous vous remercions pour l'excellent travail effectué au sein de notre pavillon. Les visiteurs de l'Exposition universelle ne manquent pas d'éloges pour décrire l'élégance et la propreté de nos bâtiments, ainsi que la bienveillance de notre personnel. Cependant il est un point sur lequel je souhaite attirer votre attention.

J'ai reçu récemment plusieurs plaintes venant de la part d'observateurs signalant que les geishas sont enfermées toute la journée sans contact possible avec l'extérieur. Comme vous le savez, les Français sont épris de liberté, aussi certains de ces plaignants n'ont-ils pas hésité à employer le mot « esclavage ».

Je souhaite, vous comprendrez mon sentiment, éviter tout incident diplomatique et je désire que le pavillon japonais renvoie la meilleure image possible de notre pays pendant cette Exposition universelle suivie par les regards du monde entier.

En conséquence, je vous prie d'autoriser les geishas à se mêler aux visiteurs après les spectacles et à se déplacer librement dans l'enceinte de l'Exposition universelle, jusqu'à la fin de l'événement.

En vous remerciant pour votre coopération, et en vous félicitant pour l'excellent travail accompli.

Shinichirô Kurino,
ambassadeur du Japon à Paris,
le 15 juin 1900

De rage, le capitaine Yoshikawa frappa du poing sur la table. Le jour même, il convoqua les responsables de la délégation japonaise et les informa, à contrecœur, qu'il levait l'interdiction sur les déplacements des geishas.

Les jeunes femmes furent d'abord effrayées par ce changement. Quand elles se trouvaient face aux étrangers, elles étaient l'objet de toutes les curiosités, étaient harcelées de questions. Cette modification du règlement permit à O-miya de ne plus penser à l'accident du Globe céleste. Elle se mélangeait avec amusement aux spectateurs et papotait avec eux en anglais, mettant à profit les leçons d'Hayashi. Elle conquit des admirateurs qui revenaient régulièrement s'ébahir devant elle et l'invitaient dans des grands restaurants. Elle souriait plus souvent. Pendant les récitals, ses notes se teintaient peu à peu de légèreté.

Les longues soirées ensoleillées de juin étonnèrent les geishas. Au Japon, en été, la nuit tombait beaucoup plus tôt. Les horaires du spectacle furent adaptés. La première représentation fut décalée à dix-sept heures, la seconde à vingt heures. Quand le deuxième spectacle se terminait, les geishas allaient converser sur la terrasse du salon de thé. La température était chaude et le soleil prenait son temps pour se coucher. Lorsque l'obscurité imposait enfin sa loi à l'astre du jour, la « fée électricité » déployait son berceau de lumière sous les étoiles du ciel parisien.

Le 14 juillet 1900, les huit geishas, vêtues de kimonos d'été, escortées par le capitaine Yoshikawa et Tadamasa Hayashi, traversèrent le pont d'Iéna et se joignirent aux visiteurs rassemblés sur le Champ-de-Mars pour assister au feu d'artifice. Parmi la foule, O-miya cherchait l'Américain aux yeux gris mais elle n'aperçut que des pages venus du Vieux Paris, des Maures, des Touareg, des derviches, des Sri-lankaises portant des saris, des Suisses en pantalon court, des Andalous et un garnement dévorant de la barbe à papa.

Elle agitait mollement son éventail, le visage illuminé par les rosaces qui crépitaient au-dessus de la façade du palais de l'Électricité. Les milliers de lampes multicolores de l'édifice brillaient sous la pluie d'étincelles du spectacle pyrotechnique. La terre se confondait avec le firmament.

7

Trois mois après l'ouverture de l'Exposition universelle, le docteur Léon Azoulay avait collecté plus de deux cents portraits sonores. Pour certains d'entre eux, cela avait été facile. Il s'était rendu sur le pavillon du pays en question et avait rencontré des musiciens acceptant de jouer sans contrepartie. Mais, pour la majorité des portraits, cela avait été plus compliqué. Il avait dû payer pour obtenir des sons. Dans tous les cas, il avait toujours réussi à phonographier les instruments et les chants qu'il désirait.

Cependant, un portrait sonore auquel il tenait particulièrement lui échappait. Il voulait s'approcher des geishas et les phonographier. Le premier mois de l'Exposition, il avait visité le pavillon japonais, mais il lui avait été impossible d'aborder les jeunes femmes. Sitôt leur spectacle terminé, elles s'évaporaient. Il avait écrit plusieurs lettres pour présenter sa requête. Elles étaient restées sans réponse. C'est pourquoi il fut étonné de recevoir, mi-juillet, une brève note, rédigée par le commissaire général Tadamasa Hayashi qui en quelques lignes polies l'invitait pour effectuer le portrait sonore du Japon.

Le 20 juillet 1900, après l'inauguration du métropolitain, un afflux impressionnant de visiteurs emplissaient les artères de l'Exposition. Dans les jardins du Trocadéro, au bout d'une allée plongée dans l'ombre des arbres, s'ouvrit devant les pas du docteur Azoulay le petit palais impérial. Un homme chauve aux moustaches bouclées l'accueillit :

— Docteur Azoulay, bienvenue dans notre pavillon. Je suis Tadamasa Hayashi.

— Merci pour votre invitation. Voilà de magnifiques bâtiments. Tout le monde s'accorde pour dire que votre pavillon est une réussite.

— Merci pour vos compliments. Toutefois, permettez-moi de répondre que cela n'est rien comparé à la beauté véritable du Japon. Veuillez me suivre s'il vous plaît.

Le docteur Azoulay fut conduit à travers le palais impérial et ses salles ornées d'œuvres d'art de tous les siècles. Une des roulettes du chariot sur lequel était attaché le phonographe crissait légèrement, à cause des kilomètres parcourus. Ils entrèrent dans une pièce fermée aux visiteurs. À l'intérieur, des paravents peints à l'encre de Chine encadraient trois tatamis placés devant des chaises.

— Vous pouvez installer votre matériel, proposa Hayashi. Prévenez-moi quand vous serez prêt, je serai dans la salle d'à côté.

Le docteur Azoulay disposa son phonographe à proximité des tatamis en s'assurant de sa stabilité. Il sortit plusieurs cylindres, dont un qu'il fixa avec précaution sur le dispositif de rotation. Il empoigna une chaise, vérifia qu'elle n'était pas bancale et ne grinçait pas, et la déplaça à côté du phonographe, de façon à pouvoir activer la manivelle. Il inspecta le diaphragme et l'aiguille de l'appareil. Quand il fut certain que tout était en ordre, il ôta ses lunettes, les essuya avec un chiffon qu'il sortit de sa poche et informa Tadamasa Hayashi qu'il était disposé à commencer.

Il s'attendait à accueillir plusieurs geishas dans la pièce, aussi fut-il déçu de ne voir qu'une jeune femme se présenter et prendre position sur le tatami, les jambes repliées. Elle avait amené un instrument qu'il n'avait jamais vu. Elle le salua, en anglais :

— Je m'appelle O-miya. Je vais jouer et chanter un air de *dodoitsu*.

— Bonjour, mademoiselle. Merci pour votre contribution. Pourriez-vous me dire quel est votre instrument ?

— C'est un shamisen.

— Un sha-mi-sen... J'ai hâte de vous entendre. Ne tardons plus. Quand je vous ferai un signe de la main, allez-y.

— Un instant, s'il vous plaît. Je dois accorder mon instrument.

Elle fit pivoter les chevilles pour ajuster la tension des cordes. Cela dura près de cinq minutes. Le docteur Azoulay, en patientant, essuyait ses lunettes.

— Je peux commencer.

— D'accord. À mon signal, allez-y.

De la main gauche il commença à tourner la manivelle du phonographe. En séparant bien chaque mot, il énonça à voix haute :

— Japon. Dodoïtso. Joué sur un shamisen, sorte de guitare.

En prononçant le mot « guitare », il leva la main droite en adressant un regard à la geisha. Le plectre frappa la troisième corde du shamisen. Une note grave, longue, oscilla dans l'espace.

Léon Azoulay tournait la manivelle. Il était stupéfait par le son de l'instrument. La geisha se mit à chanter. Il ne comprenait pas les paroles, mais cette musique le touchait.

De retour à son appartement de la rue des Vignes, il s'empressa d'annoncer à son épouse qu'il venait de réaliser son plus beau portrait sonore. Sur la boîte du cylindre en cire, il écrivit :

Numéro 204, air populaire « Dodoïtso »,
sur le « Shamisen » – guitare à 3 cordes –
Japon.

*

* *

Début août, la chaleur s'installa dans le palais des Lettres, faisant fuir les visiteurs. Le temps passait lentement sur le stand Iucci. Tommy astiquait les instruments.

— Salut, dit une voix dans son dos.

Une femme, cheveux courts, une cigarette à la bouche, l'observait. Sa paupière affaissée sur son œil gauche lui donnait un air de garçon manqué.

— Sais-tu où je peux trouver les appareils photographiques ?

— À l'étage, sur la droite.

— Merci. Tu es américain ?

— Oui.

— Avec tes cheveux en bataille et ta dégaine de grand gamin, tu ressembles à Tom Sawyer. Je suis photographe. Tu veux bien me servir de modèle ?

— Une femme photographe ? Ce n'est pas un métier d'homme, ça ?

— Un métier d'homme ? Quel imbécile celui-là ! Les femmes aussi prennent des photographies. Pose pour moi et tu verras le résultat.

Tommy chercha mais ne trouva pas d'excuse pour refuser :

— Euh... d'accord.

— Mes appareils sont encore empaquetés. Je repasserai dès que je les aurai déballés. Je te montrerai aussi les photographies prises par des femmes exposées dans le pavillon des États-Unis.

— Comme vous voulez...

— Au fait, je suis Fannie. À plus tard Tom Sawyer.

Elle jeta sa cigarette par terre et se dirigea vers l'escalier.

*

* *

La deuxième représentation de la journée allait commencer. O-miya, avant son entrée en scène, remarqua qu'un murmure inhabituel parcourait l'auditoire. Au premier rang, un couple de Japonais venait de s'asseoir. L'homme, aux yeux rieurs, avait une épaisse moustache. À côté de lui, la femme portait une longue robe en soie verte, les cheveux regroupés en un chignon volumineux. Son visage avait des traits fins et de longs sourcils. Elle était d'une grande beauté.

Tadamasa Hayashi s'exclama :

— C'est Mme Sadayakko !

Depuis un mois, ce prénom était en vogue dans les milieux artistiques de la capitale. La danseuse et actrice japonaise était la vedette de la pièce *La Geisha et le Chevalier*. Le Tout-Paris venait l'admirer chaque soir au théâtre Loïe Fuller. Ses performances avaient envoûté les critiques d'art les plus sceptiques. Jean Lorrain, chroniqueur mondain connu pour sa plume acerbe, la comparait à « une hallucination d'opium d'Extrême-Orient, élégante et fragile comme une estampe d'Utamaro ».

À la fin du spectacle, Hayashi alla saluer l'actrice. Ils échangèrent quelques civilités en souriant. Le commissaire général se courba plusieurs fois. Après quoi Sadayakko quitta le pavillon au bras de son époux.

Tadamasa Hayashi rejoignit O-miya qui se détendait au salon de thé.

— O-miya, j'ai une excellente nouvelle pour vous. Mme Sadayakko vous invite à son spectacle et souhaite vivement s'entretenir avec vous, demain soir, si vous êtes d'accord.

— J'irai avec plaisir.

*

* *

Une semaine après sa visite au stand Iucci, Fannie, la photographe, se pointa à nouveau.

— Mon attirail est déballé. Viens avec moi.

Il était vingt et une heures. Fannie marchait vite. En dépassant la façade illuminée du palais de l'Optique, elle demanda :

— Tu as déjà fait un tour à l'intérieur ?

— Non, jamais.

— Je connais la femme au guichet, allons-y.

Ils entrèrent sans payer. Ils passèrent une demi-heure dans la galerie des miroirs, à se perdre et à s'esclaffer devant leurs reflets déformés. Ensuite ils firent la queue pour pouvoir observer l'image générée par la grande lunette, télescope de plusieurs dizaines de mètres qui permettait de voir, selon la réclame, « la lune à un mètre ».

— Regarde le type devant nous, chuchota Fannie, c'est Georges Méliès, le magicien. J'ai vu un de ses spectacles dans une brasserie quand j'étais étudiante à Paris.

Elle raconta qu'elle avait vécu trois ans dans la capitale française, entre 1883 et 1885, où elle avait suivi des cours d'art à l'Académie Julian. De là lui venaient sa connaissance des quartiers de la ville et ses amis parisiens. À cette époque, elle s'était fiancée à un officier français qui l'avait quittée pour poursuivre sa carrière en Extrême-Orient.

Après avoir observé la lune à travers le télescope, ils sortirent du palais.

Dehors, c'était la nuit, mais on y voyait comme en plein jour grâce à la fée Électricité. Ils suivirent les quais, contournèrent l'édifice des armées de Terre et de Mer, traversèrent la rue des Nations. Le garde en poste devant le pavillon des États-Unis les salua :

— Madame Johnston, bonne soirée à vous.

En voyant les somptueux salons, avec des tables en bois massif et des larges canapés en cuir, Tommy avait du mal à imaginer que ce pavillon, ainsi que tous les autres, serait détruit à la fin de l'Exposition. Ce confort semblait fait pour durer.

Ils entrèrent dans une vaste pièce dont les murs étaient couverts de photographies. Elles étaient classées par auteures, uniquement des femmes. Fannie présenta chacune d'elles à Tommy et expliqua leurs thèmes de travail. Elle montra enfin ses propres photographies. Une partie de ses œuvres représentait des portraits d'étudiants noirs et indiens. Elle avait réalisé ces photographies à l'institut Hampton, où ces jeunes gens recevaient la même éducation qu'à l'université réservée aux Blancs. Les yeux de Tommy se posèrent sur un des portraits, de la taille d'une carte postale, dans un petit cadre.

— Je suis d'accord pour que tu me photographies, seulement, en échange, je voudrais que tu me donnes ce portrait.

— Pourquoi celui-là ? Ce n'est pas mon meilleur, il est un peu flou.

— Cet homme me rappelle quelqu'un.

— Dans ce cas-là, oui, je te le donnerai.

*

* *

O-miya arrangeait sa coiffure avant de se rendre au théâtre Loïe Fuller. Sadayakko l'intriguait. Elle avait questionné Hayashi à son sujet lors du dîner.

— C'est une geisha de Tokyo, mariée à l'acteur Otojiro Kawakami. Elle aussi est actrice. Elle joue sur scène tous les soirs.

— Comment ? s'était offusqué le capitaine Yoshikawa. Au Japon, la règle interdit aux femmes de jouer la comédie sur scène !

*
* *

Tommy se tenait droit, les mains jointes devant lui.

— Ne ris pas, reste sérieux.

— J'ai la jambe qui gratte.

— Ne bouge pas, ou la photographie sera gâchée.

— Je peux cligner des yeux ?

— Non. Garde-les ouverts.

— C'est bientôt fini ?

— Oui. Respire. Tu es tout rouge.

— Encore combien de temps ?

— Tais-toi.

— ...

— Ça y est. J'ai ton portrait.

*
* *

La grande roue brillait dans la nuit comme un cerceau en feu. Tadamasa Hayashi commanda au cocher :

— Rue de Paris, au théâtre Loïe Fuller.

— Très bien, Monsieur.

Le cocher fit claquer son fouet, le fiacre fila dans les avenues. Une vingtaine de minutes plus tard, il s'arrêta devant un bâtiment singulier.

La façade avait l'apparence d'une robe légèrement relevée au-dessus de la porte d'entrée. Sur le toit, une statue de la danseuse Loïe Fuller tourbillonnait dans le feuillage des marronniers. Une affiche annonçait :

Sada Yacco et la troupe Kawakami de Tokio

En prenant place dans le petit théâtre, Hayashi constata :

— Il y a du beau monde. Le jeune homme, là-bas, est un peintre prometteur, Pablo Picasso. Une de ses toiles a été choisie pour représenter l'Espagne. L'autre homme, au bout de la rangée, avec ses cheveux noirs et sa mèche sur le côté, c'est Debussy, un compositeur à la notoriété grandissante.

Le rideau se leva, la représentation débuta.

O-miya et Tadamasa Hayashi avaient du mal à croire ce qu'ils voyaient. La pièce était un mélange de plusieurs morceaux du répertoire traditionnel du kabuki, cousus les uns aux autres, sans queue ni tête, avec des scènes de combat au sabre omniprésentes. Sadayakko incarnait une courtisane qui, pendant une danse épique, se changeait tour à tour en amante puis en démon avant de s'ouvrir le ventre avec une lame. Tous les personnages se suicidaient ensuite de la même façon, les uns après les autres, avec de spectaculaires jets d'hémoglobine. Le public frémissait à chaque fois qu'un acteur s'écroulait à terre.

Le rideau tomba. La salle applaudit à tout rompre.

— Allons en coulisses, suggéra Hayashi.

O-miya entra dans la loge. Sadayakko se démaquillait devant un miroir ovale.

— La pièce vous a-t-elle plu ?

— Je n'ai jamais rien vu de semblable au Japon.

— Une pièce comme celle-ci serait inacceptable dans notre pays. Une femme se faisant seppuku suivie d'une cascade de suicidés… Nous faisons ici ce qu'il est inconcevable de faire chez nous.

— Pourquoi ne pas jouer une pièce traditionnelle ?

— Nous nous adaptons à notre audience. Avez-vous vu comme le public raffole de notre spectacle ? Sous leur grâce et leur beauté, les Français sont assoiffés de larmes et de sang.

— Une autre chose m'a surprise : votre sourire quand vous dansiez.

— En Europe, contrairement au Japon, il faut sourire sur scène. Dans les arts japonais, les femmes sont des poupées, alors que, dans le théâtre occidental, elles jouent des personnages épanouis. Hier, au palais impérial, le son de votre shamisen m'a bouleversée. C'était la plainte d'une poupée qui veut devenir femme.

*

* *

Tommy se joignait régulièrement à la troupe de noctambules emmenée par Fannie. Ils étaient cinq ou six, Français et étrangers, artistes et écrivains, à fréquenter les lieux de fête de la capitale. Ils s'encanaillaient dans les bals populaires et les cabarets, riaient et buvaient jusqu'au petit matin.

Le vendredi 14 septembre, Tommy suivit la bande pour une virée nocturne dans un bal musette du côté de Pigalle, qui s'appelait l'Ange ivre. Ils fêtaient le départ de Fannie. Après un mois et demi passé à Paris, la photographe devait prendre un train pour Le Havre le dimanche soir, puis embarquer sur un paquebot à destination de New York.

Dans le bar, les musiciens jouaient des valses à la mode. Les couples de danseurs se donnaient des coups de coude pour ne pas se faire marcher sur les pieds. Fannie et ses amis étaient serrés les uns contre les autres, à une table près de l'entrée. Ils plaisantaient dans la fumée des cigarettes.

— Fannie, tu nous montres ton portrait de Tom Sawyer avant de partir ?

— Je le réserve pour ma prochaine exposition.

— Et nous ? Tu ne veux pas faire notre portrait ?

— Vous avez vu vos têtes ? Pas besoin d'une photographie pour m'en souvenir.

Ils éclatèrent de rire et versèrent de l'absinthe dans leurs verres.

— Si tu ne veux pas de nous comme modèles, alors qui donc veux-tu photographier ?

— Après Tom Sawyer, pourquoi pas Mark Twain !

Un inconnu, en uniforme militaire, s'approcha. Il s'exclama :

— Fannie, c'est bien toi ?

Elle répondit avec stupéfaction :

— Émile !

— Veux-tu boire avec moi ?

Elle hésita, regarda ses amis.

— Après tant d'années, je suis contente de te revoir, mais je souhaite profiter de ma dernière soirée à Paris avec eux, plutôt que de revenir sur le passé avec toi.

— Accorde-moi au moins une valse.

— Non, désolée, Émile.

— J'insiste, danse avec moi.

— Non, s'il te plaît, laisse-moi.

Il ferma sa lourde main sur le bras de Fannie. Tommy et les autres se levèrent. L'homme les ignorait. Il empestait l'alcool, la colère se dessinait sur son visage.

— Enfin, Fannie, en mémoire du bon temps !

— Tu n'imagines pas comme j'ai souffert à cause de toi.

La voix de Tommy s'éleva :

— Lâchez-la.

L'homme ne l'écoutait pas, tirait sur le bras de la photographe.

— Fannie ! Suis-moi !

Le regard enragé de cet individu était le même que celui de Fil de Fer quand il avait brandi le banjo de Tommy avant de l'écraser sur le sol.

Sans réfléchir, Tommy le gifla.

Éberlué, l'homme resta quelques secondes sans voix. Puis il s'emporta :

— Sais-tu qui je suis ? Émile Normand, général de l'Armée de terre française. Tu oses m'humilier ! Je n'ai pas fait ce pénible voyage en paquebot d'Asie jusqu'ici pour me faire ridiculiser par un morveux de ton espèce.

— Je ne comprends pas. Je ne parle pas français.

La musique s'arrêta. Un attroupement se forma autour d'eux.

— Un étranger, en plus de ça ! Si nous étions sur un bateau, je t'aurais balancé à la mer.

Le général approcha son visage de celui de Tommy :

— Je t'ai déjà vu. Tous les midis, tu manges un sandwich, sur les marches du palais des Lettres.

Il sortit un gant de sa veste, le jeta à la face de Tommy et déclara en anglais :

— Je dois laver mon honneur. Je te provoque en duel. Dimanche matin, à sept heures, sur le quai de Seine devant le palais des Armées. Nous nous affronterons au pistolet. Si tu te défiles, je vous retrouverai toi et ta bande.

Il s'adressa à la salle :

— Qui sera son témoin ?

La règle imposait que ce soit un homme. L'assemblée demeurait muette.

— Et vous ? implora Fannie en tendant les mains vers ses amis.

Ils restaient silencieux. Aucun ne voulait être impliqué dans le duel de cet Américain qu'ils connaissaient à peine, encore moins dans le transport de son cadavre. Émile Normand exultait :

— Personne n'est assez stupide pour associer son nom à cet abruti et à sa défaite certaine !

Son adversaire sans témoin, le général pouvait aisément truquer les armes ou glisser un plastron en acier sous sa chemise. Le duel ne serait alors qu'une simple mise à mort.

Du fond de la salle, une voix objecta :

— Je serai son témoin.

L'homme qui avait parlé s'approcha, en boitant. Il dit calmement :

Transfer Slip 13/03/25 13:49

Item: 3303510703
Geisha et le joueur de banjo /

Return to: Holton Stock Management
Lending

— Quel plaisir de vous revoir, Général.

— Le capitaine japonais du *Tonkin*... Décidément vous traînez dans mes pattes.

Émile Normand considéra Yoshikawa avec mépris :

— Êtes-vous sûr de vouloir accompagner cet idiot ? Une balle perdue pourrait vous abîmer l'autre jambe.

— Je serai son témoin. J'ai une dette envers lui.

Au moment où l'escarmouche avait éclaté, le capitaine Yoshikawa et Tadamasa Hayashi étaient accoudés à une table à l'écart des danseurs.

— C'est l'Américain qui a sauvé O-miya.

— L'autre l'a provoqué en duel.

— Nous devons l'aider.

Hayashi avait voulu empêcher Yoshikawa de se lever :

— Surtout pas ! Ne nous mêlons pas de ça. Pensez à la réputation de notre pavillon et aux conséquences d'un tel acte.

— Mon ami, pensez à notre dignité si nous ne faisons rien.

*

* *

La gloire de Sadayakko ne cessait de croître dans la capitale. Elle était constamment sollicitée par les journalistes et les admirateurs. Toutefois elle trouvait le temps de se rendre au pavillon japonais pour écouter O-miya jouer du shamisen et bavarder avec elle dans le salon de thé. Les deux femmes s'étaient liées d'amitié.

Sadayakko évoquait ses voyages.

À Londres, elle avait rencontré la reine Victoria. Aux États-Unis, la troupe Kawakami s'était endettée au point de ne plus pouvoir s'acheter à manger pendant la tournée. Elle parlait aussi de l'actrice Sarah Bernhardt qu'elle avait admirée dans la pièce intitulée *L'Aiglon*.

— Elle est divine. J'espère qu'un jour au Japon les femmes pourront être actrices.

Un après-midi, à l'ombre des saules pleureurs des jardins du Trocadéro, Sadayakko suggéra :

— Nous avons prévu une seconde tournée en Europe, l'année prochaine. J'aimerais que tu intègres notre troupe.

— Je serais heureuse de vous suivre, mais c'est impossible. Monsieur le Comte Itô est mon protecteur, je dois agir selon ses décisions.

— Le comte est un ami intime. Je le convaincrai.

— Même s'il accepte, je dois rentrer à Kyoto pour veiller sur Wako, ma petite sœur.

— Ne décide pas maintenant. Nous passerons l'hiver au Japon et nous partirons pour l'Europe au printemps 1901. Tu as le temps d'y penser.

*
* *

— Tommy, merci de m'avoir défendue. Mais je n'irai pas au duel, je ne supporterai pas de vous voir vous entre-tuer, toi et Émile.

— Je comprends.

— Je serai dans la salle des photographies. Après le duel, viens me dire au revoir.

Elle serra Tommy dans ses bras. Il resta seul avec le capitaine Yoshikawa et Tadamasa Hayashi.

— Suis-je vraiment obligé d'y aller ? Ne peut-on pas discuter avec le général ?

— Vous n'avez pas le choix, dit Hayashi, il a placé son honneur en jeu. Si vous n'y allez pas, il va vous chercher partout. Il pourrait faire expulser votre patron de l'Exposition. Il va harceler vos amis tant qu'il ne se sera pas battu avec vous. Quand le duel est provoqué, il n'y a plus moyen de faire machine arrière.

— C'est stupide ! Je l'ai simplement giflé !

— Le duel est malheureusement une coutume nationale en France. On se bat pour des futilités, une parole de trop, un regard inopportun.

Tommy, résigné, écoutait le capitaine Yoshikawa lui prodiguer des conseils :

— Demain matin, chacun aura une balle. Ne vous précipitez pas. Le premier qui tire n'a pas forcément l'avantage. Le général est entraîné à l'usage des armes à feu, mais l'excitation fera trembler sa main. Vous avez vu comme il était ivre hier soir ? S'il boit comme ça tous les jours, croyez-moi, sa main tremblera. Tenez-vous de profil, le corps rectiligne. Tendez votre bras. Respirez. Visez son ventre et tirez.

Le capitaine décelait la peur dans les yeux du jeune homme.

— Je ferai en sorte que le duel se déroule de manière équitable. Je disposerai de votre corps avec tout le respect qui vous est dû à la suite de la bravoure dont vous avez fait preuve pour secourir O-miya.

— C'est donc O-miya son prénom, sourit Tommy tristement. Si je survis, pourrais-je la rencontrer ?

— Oui, si vous survivez.

Le capitaine ne doutait pas qu'Émile Normand placerait sa balle le premier, près du cœur de Tommy.

*

* *

Yoshikawa réfléchissait dans la pénombre de sa chambre d'hôtel. Les rideaux à demi tirés empêchaient la lumière de l'aube d'envahir la pièce. Il était las de Paris et de son agitation.

Savoir qu'O-miya fréquentait Sadayakko l'insupportait. Cette actrice et son attitude sur scène étaient une honte pour le Japon. Il redoutait l'influence néfaste qu'elle pourrait avoir sur la jeune geisha. En plus de cela, il méprisait les flatteurs qui s'agglutinaient autour d'O-miya et lui susurraient des mots galants.

Au cours du voyage de Kyoto à Paris, il s'était efforcé de dresser une muraille insurmontable pour contenir le trouble qu'O-miya suscitait en lui. Juste après l'accident du Globe céleste, quand il l'avait vue blessée sur le brancard, cette muraille intérieure s'était effondrée. Sous les décombres de la passerelle avait failli s'éteindre la seule lumière ayant percé l'obscurité qui enténébrait son âme depuis des années.

Voir O-miya sur scène était un bonheur et une douleur immense. Son amour le brûlait. Il avait hâte de rentrer au Japon, d'être loin d'elle. Retrouver Tokyo et le calme de sa maison où il tenterait désespérément de l'oublier.

Le concierge de l'hôtel lui avait remis un courrier adressé à la geisha. Un frisson lui avait parcouru l'échine quand il avait senti sous ses doigts un petit objet dans l'enveloppe et vu le nom de l'expéditeur : *Ryû Yamashiro*.

Encore lui ! Que veut-il ? Je lirai sa lettre après le duel.

Pour plus de discrétion, il enfila un costume noir plutôt que son uniforme et sortit.

*

* *

Les portes de l'Exposition n'étaient pas encore ouvertes. Le soleil se levait péniblement. Émile Normand et son témoin, ainsi que quelques hommes, se tenaient, muets, devant le palais des Armées. Tommy et Yoshikawa saluèrent ces ombres. Le témoin du général portait une mallette en bois.

Elle contenait deux pistolets positionnés dans un écrin de velours pourpre.

Le général déboutonna la manche droite de sa chemise, écrasa du pied sa cigarette sur le sol. Tommy ôta sa veste. L'homme à la mallette demanda au capitaine de s'approcher.

— Voici les armes. Elles appartiennent au général Émile Normand qui en sa qualité d'offensé a opté pour des pistolets. Veuillez les inspecter et choisir celle de votre duelliste.

Yoshikawa examina les deux pistolets. Ils étaient lourds et d'excellente facture.

— Celui-là.

Le témoin du général continua :

— L'échange de tirs aura lieu sur la passerelle qui enjambe la Seine. Il se déroulera selon les règles du duel de pied ferme. Les combattants seront face à face, à une distance de vingt pas. Nous allons maintenant tirer au sort la position des duellistes.

Il lança un franc en l'air.

— À vous de choisir.

— Côté nord, face au palais des Armées.

Yoshikawa pensait qu'ainsi Tommy pourrait protéger ses yeux de la lumière du soleil avec sa main gauche.

— En tant que témoins, nous devons procéder à la fouille des duellistes, et nous assurer qu'aucun d'eux n'a dissimulé sous ses vêtements une quelconque protection contre les balles.

Quand ils furent sûrs qu'aucune plaque de métal n'était cachée sous les habits, les témoins chargèrent les armes et les remirent aux combattants. Tommy sentit la crosse en fer, froide, dans la paume de sa main.

À l'Exposition universelle tout était factice. Les édifices étaient en carton-pâte. Les saltimbanques du Vieux Paris étaient des acteurs. Les corridas dans le pavillon de l'Andalousie étaient simulées. Mais l'arme était réelle. La balle était mortelle. La peur s'agrippa à ses jambes. Ses genoux commencèrent à trembler.

— Messieurs, en place !

Tommy marcha vers l'autre bout de la passerelle. Son cœur battait à se rompre. Il compta vingt pas et se retourna. Face à lui, le général se tenait droit, le menton relevé.

La Seine était grise. Un vent faible faisait frémir les voiles des bateaux de plaisance inertes. Tommy regarda vers la grande roue. Elle était immobile. Quelques oiseaux se perdaient dans le ciel.

Le témoin cria :

— Armez !

Tommy enclencha le chien de son pistolet, tendit son bras en direction du général.

— Tirez !

Un coup de feu retentit. Le général s'affaissa, un genou sur le sol, la main sur le flanc droit. Tommy avait ouvert le feu. Le général n'avait pas encore tiré. Son bras qui pointait l'arme tremblait, son visage était déformé par la douleur. Tommy devait attendre, c'était la règle.

Les secondes passaient, le général grimaçait, luttant pour diriger son pistolet vers son adversaire. Il fit un dernier effort pour actionner la percussion.

Un second coup de feu retentit.

*

* *

O-miya dormait péniblement. De la sueur luisait sur son front. Elle avait été réveillée par une détonation, puis une seconde.

La brise entrait par la fenêtre ouverte. Les rideaux ondulaient. Le courant d'air soulevait doucement les pans de la robe bleu clair suspendue à un cintre. O-miya ne l'avait portée qu'une fois. Le tissu gardait les traces de l'accident du Globe céleste.

*
* *

Le général avait tiré.

Tommy était debout. Indemne.

Je suis en vie.

Les hommes se regroupèrent autour d'Émile Normand, couché sur le sol, la chemise inondée de sang.

— Je pars retrouver Fannie, cria Tommy à Yoshikawa.

Tommy courut tout droit, vers la rue des Nations. Il passa devant les statues des deux ours blancs. Il entra dans le pavillon des États-Unis, emprunta l'escalier, toujours en courant, et arriva dans la grande salle des photographies. Fannie était occupée à décrocher les cadres du mur.

Quand elle vit Tommy appuyé à la porte, reprenant son souffle, elle s'approcha de lui.

— J'ai entendu les coups de feu.

— J'ai touché le général dans les côtes.

— Et toi ?

— Je n'ai rien.

— Dieu merci…

Après un temps, elle demanda :

— Émile est-il mort ?

— Je ne sais pas.

— Tu crois qu'il vivra ?

Il pensa au général baignant dans son sang.

— Oui, je l'espère.

Il désigna un mur, presque nu :

— Pourquoi enlèves-tu les photographies ?

— Elles vont être exposées à Saint-Pétersbourg cet automne.

Elle détacha un petit cadre, l'enveloppa dans du papier journal.

— C'est le portrait que tu m'as réclamé l'autre jour. Je te l'offre.

Tommy remonta les manches de sa chemise.

— Je vais te donner un coup de main pour décrocher les autres.

8

— Léon, vous êtes encore debout à cette heure-ci ?

— Dans deux mois l'Exposition s'achève, mes portraits sonores sont loin d'être au point, c'est à s'arracher les cheveux.

Le bureau du docteur Azoulay ressemblait désormais à un entrepôt où s'accumulaient les caisses de phonogrammes. Il soupira.

— Je suis certain d'avoir oublié des sons.

— Qu'importe si vous en oubliez quelques-uns.

— Ceux que j'oublie peuvent disparaître.

— C'est vous qui allez disparaître si vous ne faites pas plus attention à votre santé !

— Vous avez peut-être raison ma chère, à quoi bon tant d'efforts si je meurs avant l'ouverture du Musée phonographique.

— Vous serez prêt à temps.

Les yeux de son mari étaient creusés de cernes bleus.

— Pensez-vous que je suis fou ?

— Oui, vous l'êtes, mon Amour.

Elle prit sa main et y déposa un baiser. Elle s'assit à côté de lui.

— Vous avez fait une erreur dans la notation de ce chant. Laissez-moi vous aider.

*
* *

— Capitaine ! Capitaine !

Hayashi tambourinait à la porte de la chambre d'hôtel.

— L'Américain est-il vivant ?

Il perçut du mouvement, le bruit de pas hésitants, qui cognent contre un meuble, des bouteilles qui tombent, qui roulent sur le parquet. Une feuille de papier glissée sous la porte vint buter sur ses chaussures. Des caractères y étaient griffonnés de travers :

Je suis souffrant. Je reste dans ma chambre. Je vous confie la sécurité de la délégation. Yoshikawa

— Capitaine ! appela encore Hayashi.

Il resta devant la porte, attendit, puis se résigna à partir. Dans son dos, il crut entendre des sanglots et la voix de Yoshikawa gémir :

— Pardonne-moi, O-miya.

*
* *

Tommy et Hayashi levèrent les yeux vers le haut de la pagode à cinq étages. Une nuée de moineaux tournoyaient autour de la pointe à son sommet.

— Ainsi vous avez survécu.

— Le capitaine ne vous a rien rapporté ?

— Depuis le duel, il est alité. Il est fiévreux et se repose. Un mal passager.

Les moineaux s'éparpillèrent.

— O-miya est-elle là ?

— Elle se prépare pour le récital des geishas.

— Je peux lui parler ?

— Vous avez survécu, le capitaine vous a promis. Suivez-moi.

Dans la salle principale du palais impérial, Hayashi indiqua le dernier rang à Tommy.

— Le concert commence dans une demi-heure.

— Quand pourrais-je lui parler ?

— Après le spectacle, patientez dans le salon de thé, elle viendra saluer les spectateurs et bavarder avec eux.

Hayashi se faufila derrière la scène.

Les premiers rangs furent pris d'assaut par des messieurs aux costumes bien taillés. Les autres rangs se remplirent peu à peu. Quand la salle fut pleine, on ferma les portes et le concert débuta.

*

* *

Face à elle, l'auditoire, dans l'obscurité. Elle ne distinguait que les visages, dont certains coutumiers, des hommes assis devant. La place occupée d'habitude par le capitaine Yoshikawa était vide.

— Comment faites-vous pour ne pas paniquer quand vous dansez devant des centaines de personnes ? avait demandé O-miya à Sadayakko.

— Notre mémoire est un océan où s'accumulent des milliers de souvenirs. La plupart d'entre eux sombrent dans les profondeurs. Seuls les plus marquants, heureux ou tristes, nagent à la surface. Plonge dans cet océan et cherche un souvenir enfoui. Il doit être doux, chaud, fragile comme du coton. Recueille-le délicatement et conserve-le dans un petit tiroir, dans ta poitrine. Ne t'en sers pas trop souvent, pour ne pas l'abîmer. Seulement si tu en as besoin, ouvre le tiroir et laisse la douceur de ce souvenir te rassurer.

O-miya tira sur la poignée du tiroir. Le souvenir l'envahit.

Elle marchait dans les rues de Gion, en pleine nuit. La lune était absente, dans les ténèbres elle ne distinguait que des formes, parfois elle croisait une silhouette pressée, sans traits. Elle regrettait d'avoir voulu rentrer seule. Elle était incapable de retrouver la route de l'okiya ou de rebrousser chemin. Elle marchait aussi vite que son kimono le permettait. Le claquement de ses socques en bois résonnait contre les cloisons lugubres des maisons fermées. L'obscurité asséchait sa bouche, les pulsations de son cœur pilonnaient ses tempes. Elle était seule, perdue. Les pleurs affluaient dans ses yeux.

Le reflet d'une minuscule lueur naquit au bord de ses larmes.

Épuisée, elle se laissa choir sur un banc de pierre.

La lueur se rapprochait.

Une lanterne en papier.

Un tintement.

Wako.

— Grande Sœur, avez-vous la force de marcher jusqu'à l'okiya ? Quelques pas et nous y sommes. Levez-vous, appuyez-vous sur mon bras.

Elle oublia la centaine de regards qui la scrutaient dans la salle obscure. Elle referma le petit tiroir au fond duquel brillait la lanterne en papier et appliqua le plectre sur les cordes de son shamisen.

*
* *

Tommy n'était pas à l'aise dans ce salon. Il aurait préféré un café noir au thé vert qui refroidissait devant lui. *Me reconnaîtra-t-elle ?*

L'instrument d'O-miya était curieux. Il avait d'abord cru à une sorte de banjo carré, cependant le son était différent. Comme lui, elle frappait les cordes de sa main droite, avec un plectre au lieu des ongles. Elle semait de longs silences entre les notes pour leur permettre de frémir. Alors que lui tapait du pied pour battre la mesure et bougeait son corps pour ne faire qu'un avec son banjo, O-miya s'effaçait derrière son instrument. Son buste et sa tête étaient immobiles, sa bouche s'ouvrait à peine, sa voix était frêle et puissante.

Quand il rencontrait un musicien, Tommy observait ses gestes à l'affût d'un doigté spécifique, d'un style nouveau, d'un accord unique qu'il s'amusait à décomposer, à restituer et à apprendre. En écoutant O-miya, il avait été incapable de se concentrer sur sa technique de jeu. Son visage, sa voix, ses gestes, sa musique, tout était beau.

Les personnes présentes dans le salon de thé se dressèrent, Hayashi et trois geishas entrèrent sur la terrasse. Plusieurs hommes encerclèrent O-miya, l'un d'eux tira une chaise et l'invita à s'asseoir.

Ils multipliaient les questions, elle répondait avec amusement. Elle n'avait pas remarqué l'Américain, à quelques tables de là. Tadamasa Hayashi vint lui souffler un mot à l'oreille. Son expression changea, ses yeux s'agitèrent et trouvèrent Tommy. Elle s'excusa, abandonna ses interlocuteurs. Sidérés, ils la virent se diriger vers le jeune homme qui avait l'air d'un gamin, et qui comble de l'inélégance ne portait rien sur la tête, pas même une casquette.

Elle reconnut les yeux gris de celui qui l'avait arrachée à l'enfer du Globe céleste.

Elle s'inclina :

— Merci de m'avoir sauvée.

— Ce n'est rien, dit-il, gêné. Content de voir que vous êtes en bonne santé. Vous semblez bien remise.

— Je vais mieux. Ainsi, vous venez des États-Unis ?

— Oui, je suis américain.

— Je ne connais rien de votre pays.

— Je suis comme vous. Je ne connais rien du Japon.

Ils sourirent.

— Il est difficile de discuter ici, constata Tommy, épié par les admirateurs. Je vous attendrai dimanche après-midi, à quatre heures, sous la porte monumentale.

Il quitta le salon de thé. O-miya retourna auprès des hommes médusés. Le manège des paroles futiles et des jolis mots reprit son cours. La geisha hochait la tête, sans écouter.

*

* *

— Le capitaine Yoshikawa, s'il n'était pas malade, s'opposerait à ce rendez-vous. Mais puisque vous insistez, et que cet Américain est un honnête homme, je vous autorise à vous y rendre, à deux conditions : revenez avant vingt heures et ne sortez pas de l'enceinte de l'Exposition.

— C'est promis, Hayashi-san.

— Je prends un risque considérable en vous permettant d'aller seule.

— Je sais.

— N'oubliez pas que vous représentez le Japon, il doit passer avant vous.

— Oui.

— Soyez prudente.

*

* *

Deux étuis noirs pendaient autour du cou de Tommy. Il tenait la main d'O-miya, dont le kimono entravait les mouvements, pour l'aider à descendre l'escalier qui menait au sous-sol de la station des Champs-Élysées.

— Pourquoi descendons-nous sous terre ?

— Nous nous échappons de l'Exposition.
— Où allons-nous ?
— C'est une surprise.
— Serons-nous de retour avant vingt heures ?
— Oui, je pense. Mais cela dépend aussi du vent.

*
* *

Le chef de train annonçait les stations, qui étaient, pour la plupart d'entre elles, encore en travaux. Les trois voitures du métropolitain les dépassaient sans s'arrêter. Un courant d'air frais entrait par les vitres baissées. Les banquettes de bois cannelé étaient étroites, ils étaient proches l'un de l'autre.

O-miya s'excusa :

— Pardonnez mon anglais, je ne connais pas beaucoup de mots.

— Pas besoin de mots, votre musique m'a déjà parlé de vous.

Une étincelle bleutée crépita sur les rails électrifiés.

Il ajouta :

— Vous devez me pardonner aussi, je ne suis pas bavard.

— Vos yeux m'ont déjà parlé de vous.

À Bastille, les wagons sortirent de terre, la lumière du soleil les éblouit. Puis, tel un cachalot ayant pris une bouffée d'oxygène, le métro s'enfouit à nouveau dans les abysses.

— Qu'y a-t-il dans ces deux étuis que vous transportez autour du cou ?

— Ce sont des jumelles. Nous allons observer des oiseaux extraordinaires.

Le chef de train informa les passagers :

— Vincennes ! Tous les voyageurs descendent !

Dehors, un homme avec une barbe noire leur fit signe devant un fiacre.

— Tommy ! Pile à l'heure. Vous devez être O-miya ? Allez, grimpez ! Les épreuves ont commencé !

Sur le trajet, John Philip Sousa interrogea O-miya :

— Avez-vous déjà entendu Tommy jouer du banjo ?

— Du quoi ?

Sousa éclata de rire.

— Tommy, enfin, explique-lui !

— Je joue d'un instrument qui s'appelle le banjo.

— Vous êtes musicien ?

— Oui, comme vous.

— Quelle coïncidence ! plaisanta Sousa, nous avons dans ce fiacre un orchestre au complet.

*
* *

Le Parc aérostatique du bois de Vincennes s'étendait sur une vaste pelouse tondue à ras et jaunie par les foulées de milliers de visiteurs. Un hangar immense abritait d'énormes boules remplies de gaz. Les hommes, les femmes et les enfants pointaient le nez en direction du ciel. Des ballons ronds, de la taille d'une maison, blancs, jaunes, gris, bleus, tombaient lentement des nuages. Quand les pilotes étaient à portée de vue, ils agitaient la main vers la foule qui bourdonnait :

— Les ballons descendent, c'est bientôt la fin du concours d'ascension.

— D'après les juges, ceux qui sont déjà rentrés n'ont pas dépassé les cinq mille mètres.

— Quand on pense que le record est à plus de huit mille mètres !

— Ils veulent tous être à l'heure pour le dîner.

Les ballons se posaient un à un.

O-miya aurait aimé qu'ils restent suspendus pour l'éternité.

Mais ils se dégonflaient paresseusement sur le sol.

— C'est déjà terminé ? boudait-elle.

— Non, regardez bien avec les jumelles, répondit Tommy, il en reste un, là-haut.

Une tache minuscule fit son apparition sur la voûte bleue.

La foule bouillonnait. *C'est le* Saint-Louis *! Et s'il avait battu le record ?* Les juges plantèrent des piquets auxquels ils attachèrent une cordelette pour former un large cercle au milieu duquel le ballon pourrait atterrir.

Le *Saint-Louis* s'approchait à un rythme régulier. On connaîtrait l'altitude atteinte dans une vingtaine de minutes, quand il aurait rejoint la terre.

— Il remonte, remarqua Tommy.

Le ballon semblait soudain aspiré vers les cieux. Trois sacs s'écrasèrent au milieu de la zone d'atterrissage. Des cris de frayeur retentirent. Les juges obligèrent les spectateurs à s'écarter.

John Philip Sousa avait récolté quelques informations :

— Les pilotes ont dû lâcher du lest parce qu'ils descendaient trop vite. Le ballon est alors remonté d'un coup.

— Sont-ils en danger ?

— Ce n'est pas bon signe, s'ils n'ont pas embarqué assez d'oxygène, ils risquent de perdre connaissance et de mourir.

Tandis que le soleil se couchait, le *Saint-Louis* descendait à nouveau. Son comportement anormal avait semé l'inquiétude. Des bouches prononçaient à demi-mot le nom *Zénith*. Vingt-cinq ans plus tôt, le vol de ce ballon avait tourné au cauchemar, deux de ses trois passagers ayant trouvé la mort, asphyxiés à plus de huit mille mètres d'altitude.

La nuit tomba. Personne n'avait quitté le Parc aérostatique. Les visiteurs observaient la silhouette fantomatique du *Saint-Louis* se rapprocher. On avait placé des lampes au niveau des poteaux mais, dans l'obscurité, impossible de distinguer les pilotes. Les juges, anxieux, se tenaient prêts à courir vers la nacelle dès qu'elle toucherait le sol.

Enfin, tel un flocon de neige, gros et lent, le *Saint-Louis* s'échoua au milieu du cercle. Les officiels se précipitèrent dans sa direction. Avant qu'ils n'arrivent, deux hommes apparurent en levant les poings. La toile blanche s'affaissait derrière eux.

— Ils sont vivants !

Les spectateurs hurlaient de joie.

O-miya se blottit contre Tommy. Il l'enveloppa de ses bras.

Jacques Balsan et Louis Godard venaient d'établir le nouveau record de France et d'effectuer l'un des vols en ballon les plus hauts de l'histoire, à huit mille cinq cent cinquante-huit mètres d'altitude.

*

* *

Dans la calèche, sur la route du retour, ils étaient seuls. Ils entendaient la respiration des chevaux et les claquements des sabots. O-miya pencha sa tête sur l'épaule de Tommy. Dormait-elle ?

Bientôt, ils longeaient la Seine. À sa surface scintillaient les lumières de l'Exposition universelle. Ils arrivèrent au Grand Hôtel.

Elle s'en alla vers la porte d'entrée.

Tommy était planté devant la calèche. O-miya se retourna.

Il fit un pas vers elle, puis s'arrêta.

— Quelqu'un m'attend chez moi, à Mount Airy.

Il fit un autre pas. Elle recula, confuse.

— Je ne savais pas.

— Je ne vous ai rien dit.

Il était sur le point de renoncer à tout, pour elle. Elle l'en empêcha :

— Cette journée a été si belle. Au revoir.

Il hésita :

— Nous reverrons-nous ?

Elle s'approcha.

— Oui, le jour, dans nos souvenirs. Et la nuit, dans nos rêves.

Elle s'effaça. Son poignet frôla les doigts de Tommy.

*
* *

Tadamasa Hayashi se dressa d'un bond hors de son fauteuil lorsque O-miya entra dans le lobby.

— Il est vingt-deux heures passées ! Que faisiez-vous ?

— Hayashi-san, s'il vous plaît, laissez-moi passer.

— Vous n'avez pas respecté mes conditions ! Je vous interdis de revoir cet Américain !

— Ce n'est pas nécessaire. Je ne le reverrai plus.

Pris au dépourvu par la tristesse dans la voix d'O-miya, il s'écarta.

9

Le samedi 10 novembre 1900, le docteur Azoulay arpentait une dernière fois les allées qu'il connaissait par cœur. Son chariot qui traînait sous le poids du phonographe était rafistolé avec des clous en plusieurs endroits. Les vendeurs de souvenirs s'égosillaient :

— Tout doit disparaître ! Demain, on ferme !

Le dernier mois de l'Exposition universelle avait été un franc succès, avec une dizaine de millions de visiteurs. Pour ne pas gâcher la fête avec un incident diplomatique, les organisateurs avaient décidé d'étouffer l'affaire du duel entre un général français et un jeune Américain. Officiellement, il s'agissait d'un triste accident lors d'une séance d'entraînement au maniement des armes.

Il me reste un cylindre, pensait Léon Azoulay. *Existe-t-il encore un endroit au monde que je n'ai pas phonographié ?*

*

* *

O-miya avait profité d'octobre pour découvrir tous les recoins de l'Exposition. Elle avait emprunté le trottoir roulant et flâné dans le village suisse. Sadayakko lui avait prodigué des conseils pour réussir dans le monde des geishas et avait renouvelé sa proposition de l'accueillir à Tokyo au sein de la troupe Kawakami pour préparer la tournée européenne de 1901. O-miya était tentée de dire oui. L'idée de revenir à Paris et de visiter d'autres capitales la charmait. Mais elle ne pouvait pas accepter, elle devait veiller sur Wako jusqu'à ce qu'elle devienne une geisha.

Le dimanche 11 novembre, la délégation japonaise devait prendre le train pour Marseille d'où partirait le paquebot du retour. Le dernier récital avait lieu la veille. Quelques jours avant le spectacle, O-miya avait envoyé en secret une invitation :

Cher Tommy,

Vous me feriez un immense plaisir en assistant à notre dernier concert, le samedi 10 novembre, à seize heures, au palais impérial.

O-miya

*

* *

L'animation sur le stand Iucci maintenait l'esprit de Tommy occupé dans la journée. Mais la nuit, avant que la fatigue ne l'achève, des pensées confuses l'assaillaient. Alors qu'un océan le séparait de Sally Ann, il lui suffisait de traverser la Seine pour rejoindre O-miya. Il sentait toujours, au bout de ses doigts, le bras de la geisha. Et s'il courait vers l'autre rive du fleuve ?

Il avait la certitude que Sally Ann l'attendait à Mount Airy. Pourrait-il la regarder en face, s'il traversait la Seine ?

Octobre passa, sans qu'il revoie O-miya. Il se préparait à rentrer chez lui, à retrouver Sally Ann.

Il n'avait rien dit au sujet du duel et de sa rencontre avec la geisha à Gennaro Iucci dont la tête était occupée à planifier le retour à New York. Le luthier était impatient d'enseigner le métier à son nouvel apprenti. Ils allaient avoir une *sacrée quantité de travail* pour honorer toutes les commandes reçues pendant l'Exposition.

Quand arriva un pli en provenance du pavillon du Japon, Gennaro pensa *Encore une réclame*, et il le déchira.

*
* *

La fin du concert était imminente. La plupart des spectateurs étaient des visiteurs réguliers que la fermeture du pavillon rendait nostalgiques. Tous les membres importants de la délégation japonaise étaient présents, à l'exception du capitaine Yoshikawa. Au cours des dernières semaines, il avait fait peu d'apparitions publiques. Alors qu'il surveillait autrefois le palais impérial avec une assiduité quotidienne, il restait depuis la mi-septembre cloîtré dans sa chambre d'hôtel, n'en sortant qu'à de rares occasions. Ceux qui remarquèrent ce changement de comportement commentaient : « Depuis que les geishas sont libres d'aller et venir, le pauvre homme est désabusé. »

O-miya s'inquiétait de l'attitude du capitaine. Son regard, autrefois confiant et ferme, était devenu triste et perdu.

Quelque chose s'est passé.

Elle avait essayé de lui parler plusieurs fois, mais il s'était dérobé.

Hayashi se présenta sur scène pour annoncer l'ultime morceau.

— Voici la pièce finale. O-miya va vous interpréter un air de shamisen.

Il se retira pour observer depuis les coulisses.

Une geisha entra.

L'auditoire s'agita.

— Ce n'est pas O-miya !

— C'est Aki !

— Elle a apporté un koto, pas un shamisen…

Hayashi, interloqué, vérifia la liste des morceaux. Aki avait déjà joué en début de concert.

Il doit y avoir une erreur.

Aki projeta ses doigts sur l'instrument devant elle.

Les notes ruisselèrent.

Le rideau frémit. O-miya apparut, sans son shamisen.

Elle plaça une main devant elle, la fit basculer dans le vide et se mit à danser.

Les spectateurs étaient stupéfaits.

Au lieu d'un kimono, elle portait une robe bleue.

Hayashi reconnut la robe du Globe céleste.

Patiemment, pendant le mois d'octobre, elle en avait repris les coutures, recousu les déchirures, nettoyé les traces.

Pour la première fois, O-miya dansait sur scène.

Elle cherchait Tommy dans la salle.

Il n'était pas venu.

À la fin du spectacle, Hayashi, qui resterait à Paris pour superviser le rapatriement des œuvres d'art, vint faire ses adieux à O-miya. Ses yeux étaient encore humides.

— Vous êtes sublime.

— Vous exagérez, Hayashi-san.

— Non, je le pense. Vous êtes une grande artiste.

Elle saisit avec fébrilité la pochette en soie de son shamisen. Elle dit au revoir en s'inclinant respectueusement et s'enfuit vers le pont d'Iéna, emportant avec elle son instrument.

*
* *

Le désordre régnait dans le palais des Lettres. Les hommes démontaient les stands, rangeaient les produits dans des caisses. Des planches tombaient avec fracas. Tommy détendait les cordes des mandolines, enveloppait les instruments dans des couvertures.

— Vous ne venez pas à moi, alors je viens à vous.

Il se retourna.

— O-miya !

— Je découvre enfin vos instruments, est-ce un banjo ?

Elle désigna Étoile du Nord.

— Oui, c'est mon banjo.

Elle fut surprise de voir comme cet instrument ressemblait au sien.

Elle sortit le shamisen de son étoffe en soie.

— Je voudrais jouer pour vous.

— Allons dehors, dans un endroit plus calme. J'emmène mon banjo.

Ils sortirent du bâtiment et s'assirent sur un banc, sous les hêtres, au bord du lac du jardin du palais de l'Optique. Le soleil sombrait dans les feuilles des arbres teintés de jaune et de rouge, reflétées par la surface de l'étang. Un cygne solitaire glissait sur l'eau.

Ils jouèrent un morceau chacun leur tour.

— Et si on jouait ensemble ?

Ils ne remarquèrent pas, sur le banc d'à côté, un homme avec des lunettes ovales qui tournait la manivelle d'un phonographe.

*

* *

Le soir du dimanche 11 novembre 1900, les générateurs qui alimentaient l'Exposition universelle en électricité furent poussés au maximum. La nouvelle énergie montrait une dernière fois sa toute-puissance. La ville était gorgée de lumière.

À vingt-trois heures et vingt minutes, six coups de canon retentirent. Un à un, les bâtiments s'éteignirent. Ce fut d'abord le château d'eau, puis le Trocadéro. Des pans entiers de la ville éphémère étaient engloutis par la nuit tandis que les derniers visiteurs s'en allaient vers la sortie. Le lendemain matin, les ouvriers commencèrent à démolir les pavillons. Il ne resterait que le Petit Palais et le Grand Palais, le pont Alexandre-III, et la tour Eiffel, éternelle survivante des expositions universelles.

10

Le docteur Azoulay n'avait pas assisté à la cérémonie de clôture. Enfermé dans son bureau envahi par les phonogrammes, il s'était lancé dans le fastidieux inventaire de ses portraits sonores. Sur la boîte de chaque cylindre, il écrivait ou corrigeait le nom du phonogramme avant de le répertorier dans un cahier. La liste des pays était longue : Viêt Nam, Tunisie, Liban, Chili, Russie, Chine, Finlande, Géorgie, Islande, Italie, Japon, Hongrie, Madagascar…

Malheureusement, une partie des cylindres étaient inutilisables. Le son était trop faible ou la qualité si mauvaise qu'on ne discernait que du bruit à la place des voix ou des instruments. Il décida de les supprimer.

La boîte du dernier cylindre, le numéro 389, ne portait pas encore d'inscription. Le samedi soir, la veille de la fermeture de l'Exposition, il avait entendu de la musique près de l'étang du palais de l'Optique. En s'approchant, il avait reconnu la geisha et son shamisen. Avec elle, un homme jouait du banjo. Il s'était posté discrètement à côté d'eux et les avait phonographiés.

Fallait-il garder ce cylindre ? Le docteur Azoulay hésitait. La qualité sonore était bonne, mais le mélange des instruments de pays différents ôtait toute valeur scientifique à ce phonogramme. Ne pouvant se résoudre à le supprimer, il décida de le conserver sans lui attribuer de nom, ni l'ajouter sur la liste. Sur la boîte, il marqua seulement une date, en dessous du numéro 389.

Ses portraits sonores étaient prêts à être envoyés au tout nouveau Musée phonographique de la Société d'anthropologie de Paris. Il avait le sentiment du devoir accompli. Dans la lettre qu'il joignit aux phonogrammes, il ne manqua pas de souligner la difficulté de la tâche et l'aide précieuse de son épouse :

> Les textes, les transcriptions et les traductions ne sont pas en aussi grand nombre que je l'aurais voulu, comme je l'ai déjà dit. Cela tient aux conditions d'isolement dans lesquelles j'ai opéré, aux occupations ou à l'ignorance des personnes phonographiées. – Cependant les documents que j'ai assemblés et qui ont demandé de ma part un temps et un travail considérables immédiats et consécutifs, sans parler des déboursés personnels, montreront je l'espère aux plus incrédules tout le parti que l'on peut tirer de ces collections ethnographiques et linguistiques d'un nouveau genre.
>
> Quelques chants ont été notés musicalement par Mme Azoulay et, malgré l'imperfection de la notation européenne, rendront quelques services.

*
* *

La mer Rouge était phosphorescente. Cette clarté douce était apaisante après la débauche de lumière parisienne. Le paquebot *Yamashina-maru* déplaçait lentement sur les flots ses dix-huit mille tonnes d'acier et ses mille neuf cents passagers. L'arrivée à Tokyo était prévue fin décembre. O-miya envisageait de descendre à Kobe et de rejoindre ensuite Kyoto. Elle souhaitait retrouver Wako au plus vite.

Sur les huit geishas de la délégation, seulement sept rentraient au Japon. Aki s'était fiancée à un Français et était restée à Paris. Cette alliance eût été impensable sans le changement de comportement du capitaine Yoshikawa. Sur le bateau, son attitude solitaire empirait. Il était plus effacé que jamais. Il mangeait à l'écart des autres. Il ne sortait pas sur le pont. Il était mal rasé, ce qui était difficile à croire pour quiconque était habitué à sa rigueur. Ne plus voir le capitaine, ni lui parler, préoccupait O-miya. Ils avaient vécu ensemble le long voyage de Kyoto à Paris, un lien s'était créé entre eux.

Elle frappa à la porte de sa cabine.

Il ouvrit, recula de plusieurs pas. En baissant les yeux, il dit d'une voix peu assurée :

— Que voulez-vous ?

— Je suis venue jouer pour vous.

— Pour moi ?

Elle s'empressa de sortir son shamisen.

— Oui, écoutez.

Elle entama *Le Rêve de Lunsford*, tel que Tommy lui avait appris à Paris. La musique était si légère et joyeuse qu'un sourire naissait sur les lèvres de Yoshikawa. Puis, comme quelqu'un qui se rend compte qu'il a commis une faute grave, il saisit son visage entre ses mains. En écoutant le shamisen d'O-miya, il s'était pris à rêver une fraction de seconde que le malheur n'était jamais arrivé.

— Capitaine, pourquoi êtes-vous devenu si triste ?

Il tira sa valise placée sous la couche. Il en sortit une enveloppe.

— Voilà pourquoi.

La lettre émit un son familier. Un grelot tintait.

Les mains tremblantes, O-miya ouvrit l'enveloppe. Elle reconnut le bracelet en soie et le grelot de Wako.

Elle commença à lire les mots de Ryû Yamashiro.

Yoshikawa n'osait pas la regarder. Il voulait fermer les yeux, se boucher les oreilles, ne pas voir O-miya souffrir, ne pas l'entendre pleurer.

O-miya,

J'ai écrit cette lettre cent fois. Puis je l'ai déchirée cent fois. Les mots me manquent pour t'annoncer la tragique nouvelle. C'est avec de l'encre mêlée de larmes que je trace les caractères sur le papier.

En février dernier, après ton départ de Kyoto, Wako a disparu. Pour ne pas t'alarmer, je n'ai pas évoqué son absence dans ma lettre précédente. Je croyais pouvoir la trouver. J'ai visité toutes les maisons de thé. J'ai questionné toutes les geishas. Je l'ai cherchée à Kobe, Osaka et Tokyo, en vain. Sans aucun indice, j'ai peu à peu perdu espoir, jusqu'au jour où j'ai saisi une conversation entre deux hommes à la gare d'Hiroshima. L'un d'eux affirmait qu'il avait rencontré une servante appelée Suzu, qui portait un grelot attaché au poignet et refusait de l'enlever prétendant que sans lui elle mourrait. Je leur demandai de m'indiquer l'endroit où je pourrais la trouver. Ils me révélèrent le nom d'une auberge. Je m'y rendis aussitôt.

L'établissement était sordide. Je priai le maître des lieux de me présenter Suzu. Il m'emmena dans une chambre étroite, dans un piteux état. La pièce empestait la sueur et la pourriture. Suzu entra. Elle était maigre. Son kimono était sale. Ses bras portaient des traces de coups. Elle était vulgairement maquillée, sa coiffure était irrégulière. Quand elle marcha vers moi, le grelot accroché à son poignet tinta. Ce son me glaça d'effroi. La servante en face de moi était Wako, méconnaissable. Ma bouche prononça son nom. Elle leva les yeux vers moi et me reconnut. Son premier réflexe fut de cacher son visage. Elle s'accroupit dans un coin de la pièce en me tournant le dos et se mit à pleurer. Je lui dis que j'allais la sortir de là, qu'elle devait me faire confiance. Elle me répondit qu'elle ne croyait plus personne. Je lui parlai de la promesse que je t'avais faite. Le simple fait de prononcer ton nom l'apaisa.

Je lui demandai pourquoi elle était ici. La veille de ton voyage, pour t'empêcher de quitter Gion, O-haru lui avait ordonné de te briser la cheville pendant ton sommeil. Elle lui avait désobéi. Pour se venger, O-haru l'avait vendue à cette auberge, la condamnant à une vie misérable, sans avenir.

Je promis à Wako de l'arracher par la force à cet endroit sinistre.

Quelques jours plus tard, je revenais avec mes sabres et deux amis pour me prêter main-forte. Je demandai à voir Suzu. Le maître me répondit ces mots terribles :

« Elle est morte. Elle s'est suicidée. Elle a écrit une note pour vous. »

Sur le papier Wako avait inscrit :

« Yamashiro-sama, ne perdez pas votre vie pour la mienne, elle est déjà finie. »

Le maître me remit un petit paquet contenant quelques objets ayant appartenu à Wako et me dit : « Mes hommes pourraient vous tuer. Mais évitons un carnage. Je respecterai la dernière volonté de la morte. Elle s'est sacrifiée pour vous sauver la vie, restons-en là et partez. »

Je ne peux poursuivre ce récit. Je vais m'enfermer dans ma résidence à Naha avec le mince espoir que ma tristesse s'atténuera avec le temps. Savoir que cette lettre va te faire souffrir ne fait qu'accroître mon désespoir. Tu partages maintenant avec moi ce fardeau de douleur.

De Wako, il ne reste rien, pas même une tombe. Ce malheur est-il arrivé à cause de Mille Larmes ? Qu'as-tu fait de ce shamisen maudit ? Comme je regrette dans ma première lettre de ne pas t'avoir suppliée de jeter cet instrument dans les flammes pour le réduire en cendre.

Je n'ai plus la force d'écrire.
Je n'ai plus de mots.
Je suis avec toi.

Ryû Yamashiro, à Naha,
le 25 juillet 1900

O-miya murmura :

— Petite Sœur.

D'une voix à peine audible, elle questionna :

— Quel est ce shamisen maudit ? Et cette première lettre ?

Avec des bouts de phrases et des gémissements, Yoshikawa révéla l'origine de l'instrument et le contenu du courrier qu'il avait déchiré.

— Wako est morte à cause de Mille Larmes.

— O-miya, je...

Elle quitta la pièce et crut s'effondrer à chacun de ses pas vers le pont.

Elle se pencha sur les bastingages.

Elle lâcha l'instrument.

Dans sa chute, il cogna contre la coque du navire et toucha la surface de la mer, sans bruit.

Mille Larmes flotta longtemps, refusant de couler, avant de sombrer.

*

* *

À son arrivée à New York, Tommy n'avait qu'une pensée : retourner à Mount Airy pour parler à Sally Ann. Mais Gennaro avait besoin de lui à l'atelier. Il le pria de rester jusqu'à la fin de l'année. Il lui promit de lui accorder plusieurs semaines de congé et de lui payer le trajet en train jusqu'à Mount Airy en janvier. Tommy qui n'avait plus d'argent, et donc pas vraiment le choix, accepta.

Dans l'atelier, il se joignit à la dizaine d'employés qui travaillaient douze heures par jour pour honorer les commandes de l'Exposition universelle. Quand de nouveaux clients venaient à la boutique, Gennaro appelait Tommy et le présentait comme étant son associé. Tommy expliquait les spécificités des instruments – banjo, mandoline ou guitare – et jouait quelques notes virtuoses qui épataient les visiteurs. Gennaro lui demanda aussi d'enseigner le banjo à Michael, son jeune fils.

Le luthier avait prêté à Tommy les clés d'un modeste appartement meublé à une centaine de mètres de l'immeuble où habitait Benjamin Flammes. Dès qu'il eut un moment de liberté, Tommy se rendit chez son ami. L'inscription sur la porte avait changé :

Benjamin Flammes Carpenter
Meilleur violoneux des États-Unis
Ne pas déranger

Il frappa plusieurs fois, sans réponse. Il essaya un autre jour, sans succès. Il glissa un mot avec l'adresse de l'atelier Iucci sous la porte.

Il questionna le propriétaire du Mc Sorley's. En lui offrant une bière, le patron relata le retour triomphal de Benjamin Flammes. Son coup de folie sur le *Bretagne* était devenu légendaire.

— Il est célèbre dans tout le pays. Partout on invite « l'homme qui a défié la tempête avec un violon ». Il voyage d'une ville à l'autre, de la côte est à la côte ouest. Dieu seul sait où il est.

*
* *

Enveloppée dans un épais manteau, O-miya observait la baie de Kobe et les voyageurs qui descendaient du *Yamashina-maru*. Elle avait décidé de poursuivre le voyage jusqu'à Tokyo et de rejoindre la troupe Kawakami. Elle n'avait plus aucune raison de rentrer à Gion. Elle ne voulait pas revoir O-haru ou Kansuke le Borgne, ni les geishas de Kyoto. Vivre en pensant au triste sort de Wako l'épuisait. Elle avait tellement pleuré que son cœur asséché était incapable de s'émouvoir en retrouvant les côtes et les montagnes du Japon en ce début de janvier 1901.

*
* *

L'atelier était calme. Des employés fumaient dans la cour en grelottant à cause du froid. L'atmosphère était moins tendue depuis que les commandes de l'Exposition avaient été expédiées. La nouvelle année s'annonçait prospère. Gennaro avait fait breveter deux inventions de son fils Michael : un cercle en acier qui une fois inséré sous la peau du banjo doublait son volume sonore, et une pince en métal ou « sourdine » qui s'attachait au chevalet et diminuait grandement le son de l'instrument. Le luthier espérait réaliser de bonnes ventes avec ces accessoires :

— Le cercle sera acheté par les joueurs de banjo. Puis les épouses achèteront la sourdine.

Comme promis, Gennaro Iucci accorda à Tommy des jours de congé pour qu'il puisse se rendre en Caroline du Nord.

Le 5 janvier 1901, Tommy voyagea avec le train de nuit. Il arriva à Greensboro le lendemain. Il parcourut les premiers miles jusqu'à Mount Airy à pied. Le temps était clair. Son souffle était visible dans l'air glacé du matin.

La forêt, les montagnes, le ciel étaient tels qu'il les avait quittés. Seul le silence qui se déployait sans fin lui paraissait une nouveauté. Sur la route, un homme qui conduisait une charrette l'emmena jusqu'à la rivière Ararat. Les eaux avaient les reflets cristallins de l'hiver. Il marcha jusque chez lui.

Sa cabane semblait habitée. À l'intérieur, c'était propre, il n'y avait pas de poussière sur les livres. Le banjo de son père, dont les morceaux avaient été recollés, reposait contre un mur.

Il se rendit ensuite au Smoky Mountain. La porte d'entrée était verrouillée. Des planches en bois étaient clouées aux fenêtres.

L'agréable sentiment du retour fit place à l'inquiétude. Il entra dans la boutique Lundy Clothing, à côté du bar. Il reconnut la jeune femme qui pliait une chemise.

— Sally Ann.

Elle sursauta. La chemise tomba sur le sol.

— Tu m'as fait peur ! J'ai cru à un fantôme.

Il ramassa la chemise.

— Je suis rentré pour de bon.

Elle lança un regard à la fenêtre.

— Je suis heureuse de te revoir.

— J'ai tant de choses à te raconter.

— Pas ici, allons dans l'arrière-boutique.

Elle versa du café à Tommy. Il demanda :

— Que s'est-il passé au Smoky Mountain ?

Il apprit la mort de Jim l'Ours et la fuite de Fil de Fer.

Je n'ai pas été là pour les protéger.

*

* *

Quand le paquebot débarqua à Yokohama, O-miya fit ses adieux aux six autres geishas. Elle aperçut le capitaine Yoshikawa, en uniforme, monter dans un fiacre, tête baissée, les yeux masqués par la visière de sa casquette. Il devait probablement se rendre au palais impérial ou chez le comte Itô pour remettre son rapport sur l'Exposition universelle.

Pour le capitaine, elle n'avait eu aucun mot d'adieu.

Elle se rendit à l'adresse que Sadayakko lui avait indiquée.

*

* *

— Vas-tu rester à Mount Airy ?

— Non, j'ai mon travail à New York. Rejoins-moi.

— Et mes sœurs ?

— Je sais, c'est un choix difficile.

Il évoqua son voyage, les coups de folie de Benjamin Flammes, la traversée de l'Atlantique, sa rencontre avec Gennaro Iucci, les lumières de l'Exposition universelle, l'accident du Globe céleste, la grande lunette du palais de l'Optique, le duel avec Émile Normand, le retour aux États-Unis, le travail à l'atelier.

Il lui offrit un petit paquet. Elle enleva le ruban. L'écrin contenait une broche en or, des feuilles de lierre parsemées de perles. Tommy avait dépensé toutes ses économies à Paris pour ce bijou.

— C'est magnifique. C'est trop beau pour moi.

— Sally Ann, veux-tu m'épouser ?

*
* *

O-miya trouva du réconfort auprès de Sadayakko. La bienveillance de l'actrice apaisait sa douleur. Elle avait maigri. Elle passa le mois de janvier à se reposer et à reprendre des forces. En février, elle posa à nouveau ses mains sur un shamisen et recommença à chanter. Elle écrivit une lettre à Yamashiro le priant de ne pas s'inquiéter et l'incitant à venir la voir quand il voyagerait à Tokyo. Sadayakko obtint du comte Itô qu'il régularise la situation d'O-miya avec la maison de thé Shizu-chaya. Il versa une somme d'argent importante à O-haru.

Fin février 1901, O-miya intégra la troupe Kawakami dont les membres préparaient la tournée européenne qui démarrerait en juin. Grâce à son talent, elle fut acceptée en quelques jours par les autres musiciens. Elle travaillait dur en vue du départ, encouragée par Sadayakko.

*
* *

Le samedi 5 juillet 1901, une grande table fut dressée dans la cour de l'atelier pour célébrer un mariage. Les plus jeunes enfants de Gennaro Iucci couraient, riaient, se faufilaient sous la nappe. On dégustait des pâtisseries et buvait du vin que le luthier avait acheté en France. À la fin du repas, on rangea la table et sortit les instruments de musique. Guitares, mandolines et violons jouaient joyeusement. Mais le banjo peinait à les suivre.

Les mariés étaient deux employés de l'atelier. Tommy les regardait danser, la main lourde et le cœur étouffé par le souvenir des paroles de Sally Ann.

Elle avait tenté l'impossible en allant à New York. Elle avait vu le bateau partir pour un autre continent. Elle avait attendu, espérant des nouvelles, une lettre. Face au silence, elle s'était résignée à l'oublier. Et puis elle s'était fiancée à un homme, gentil et sérieux, sans histoires, avec qui elle pourrait fonder une famille. Alors il valait mieux qu'il parte, qu'il reprenne son bijou, avant que son futur époux ne passe à la boutique. Elle pleurait quand elle avait dit : « Au revoir Tommy. »

Le carillon à l'entrée de l'atelier sonna.

— Je vais voir.

— L'atelier est fermé, rétorqua Gennaro, n'y va pas, continue à jouer pour les mariés.

Le carillon sonna à nouveau.

— Bon sang ! jura Iucci en se dirigeant vers la boutique.

Tommy pensait l'entendre hurler contre le visiteur inopportun. Il n'en fut rien. Gennaro, la figure blême, revint avec un bout de papier à la main.

— C'est un télégramme de la part de Benjamin Flammes.

« J'ai croisé Fil de Fer. Méconnaissable. À Terry. Dakota du Sud. Continue ma route. »

*

* *

La tournée européenne avait démarré mi-juin 1901 à Londres et s'était poursuivie à Glasgow. En août, la troupe Kawakami fit son grand retour à Paris. Le théâtre Loïe Fuller avait été détruit, comme tous les bâtiments construits pour l'Exposition universelle. Mais les Parisiens n'avaient pas oublié Sadayakko. Tous les soirs, les spectateurs faisaient la queue devant le théâtre de l'Athénée. Dans la pièce intitulée *Le Shogun,* elle dansait au son tragique du shamisen d'O-miya et ensorcelait la salle. Au cours de la scène finale où elle jouait la mort d'une princesse, l'auditoire retenait son souffle avant de l'ovationner.

La troupe Kawakami logeait dans une villa à Auteuil. En dehors des représentations, O-miya vivait des heures paisibles. Elle se promenait dans les jardins, bavardait avec les autres musiciens ou s'amusait avec les deux petits chiens de Sadayakko. Leur unique contact avec le Japon était le journal de Tokyo envoyé une fois par semaine. Parfois, les membres de la troupe recevaient des lettres de leurs proches. Quand on annonça à O-miya qu'un courrier était arrivé pour elle, elle pensa qu'il avait été écrit par Ryû Yamashiro. Mais les caractères au dos de l'enveloppe indiquaient : *Kojiro Yoshikawa*.

O-miya,

Je sais ô combien vous me détestez, aussi cette lettre sera courte pour ne pas vous importuner.

Sachez d'abord que Monsieur le Premier ministre Itô ne cesse de répéter comme vous avez charmé Sa Majesté l'Empereur et représenté avec honneur notre pays à Paris. Monsieur le Premier ministre vous en est infiniment reconnaissant.

Je dois avouer que, moi aussi, j'ai été séduit par votre talent et votre beauté. Chaque jour passé à vos côtés, sur la route entre Kyoto et Tokyo, sur les mers et les océans, puis à Paris, me révélait une part nouvelle de votre adorable personnalité. Alors que mes fonctions m'empêchaient de me rapprocher de vous, je succombais devant votre éclat. Votre voix semait un trouble immense dans mon cœur. Votre musique me rendait triste de ne pas vous appartenir. Mon devoir, qui était de veiller sur la sécurité de mes compatriotes, m'imposait la distance. Cette tâche m'était de plus en plus insupportable. La nuit, mes pensées, dévouées à vous, se battaient avec ma raison.

En septembre, la deuxième lettre de Ryû Yamashiro est arrivée. En la lisant, j'ai compris que je vous perdais à jamais. Vous ayant caché la vérité à propos de Mille Larmes, je savais qu'à vos yeux je devenais responsable du sort de Wako.

J'ai gardé le contenu de ce courrier secret jusqu'à la fin de l'Exposition universelle. Je ne pouvais pas risquer de vous voir commettre quelque folie en apprenant cette terrible nouvelle. J'ai attendu que nous soyons sur le paquebot pour vous remettre la lettre. Je l'ai fait quand vous êtes venue me voir dans ma cabine. Ce jour-là, vous étiez radieuse. Votre musique était lumineuse. Quelle horrible souffrance de vous donner cette enveloppe funeste, de détruire votre gaieté et de voir votre rancœur se tourner vers moi pour l'éternité !

J'espère que vous me pardonnerez un jour.

Je vous ai aimée depuis l'instant où vous êtes entrée dans ma vie, un soir de juillet 1899, pendant la fête de Gion.

Adieu.

Kojiro Yoshikawa, à Tokyo,
le 1er juillet 1901

*
* *

Après sept jours de voyage, plusieurs étapes et des nuits passées dans des hôtels miteux, Tommy approchait enfin du Dakota du Sud. À travers la vitre du wagon, il apercevait des canards sauvages voler dans le ciel blanc. Au loin, les montagnes rouges étaient couvertes de conifères.

Il avait dit à Gennaro qu'il devait aller à Terry pour retrouver Fil de Fer. Pour connaître la vérité. Pour savoir s'il avait tué Jim l'Ours. Le deuxième dimanche de septembre 1901, il était parti, très tôt, le matin. Il avait mis quelques vêtements dans sa valise et un pistolet.

La gare était située en bas de la ville. Il fallait monter par une route tortueuse pour atteindre le centre de Terry. Les maisons, sur la colline, paraissaient entassées les unes sur les autres. Il ne devait pas y avoir plus de mille habitants. Le chemin était glissant et sans doute difficilement praticable pour des carrioles. Tommy arriva dans la rue principale. Il déposa ses affaires dans l'unique hôtel de la ville. Sa chambre sentait la boue. Il fit une sieste.

Le soir venu, il marchait vers le bar que lui avait indiqué le réceptionniste. Il avait placé le pistolet derrière son dos, dans sa ceinture, sous sa veste. La rue semblait abandonnée. Bientôt, il vit les lumières et entendit l'animation venant du bar, à une centaine de mètres. Tandis qu'il avançait, la musique devenait plus distincte. Un musicien jouait du violon. Il reconnut l'air, *Le Rêve de Lunsford*. Il reconnut le son. Il entra.

Au fond du bar, Fil de Fer, face au mur et recroquevillé sur une chaise, enchaînait les notes. Tommy ne voyait que son dos voûté. Il lança dans sa direction :

— Fil de Fer !

Sans effet. Son ami continuait à jouer sans se retourner. Tommy fit quelques pas vers lui. Il appela son nom, plus fort.

Aucune réaction.

Le violon, frénétique, répétait *Le Rêve de Lunsford* en boucle. Tommy était à un mètre de Fil de Fer. Comme au temps des duels au Smoky Mountain, il jouait à une vitesse folle, mais l'archet dérapait, les cordes produisaient des crissements affreux. Une goutte de sueur glissa dans le dos de Tommy.

— Johnny !

Rien à faire, l'instrument grinçait, toujours plus vite.

Il toucha l'épaule de son ami.

Le violon cracha une note horrible.

Fil de Fer tourna la tête.

Ses yeux étaient jaunes, livides, ses joues étaient creuses et son front parsemé de plaies suintantes. Tommy recula et buta sur le comptoir. Fil de Fer balbutia :

— Qui est là ? C'est toi ? C'est le Diable ?

— Non, c'est moi, c'est Tommy.

— Qui est là ? Je sais qui est là. C'est le Diable !

— Fil de Fer, qu'est-ce qui t'arrive ?

— Tu es venu me chercher, hein ? Alors écoute ça. Même en enfer on ne voudra pas de mon violon !

Fil de Fer vomissait *Le Rêve de Lunsford*, encore et encore. Les nœuds de notes du violoneux étaient ignobles. Tommy était révulsé par cette musique affreuse. Il sursauta quand le patron du bar, derrière le comptoir, s'exclama :

— Vous dites qu'il s'appelle Fil de Fer ? C'est normal qu'il ne vous réponde pas. Le laudanum a fait de lui une épave. Cette drogue a brûlé son cerveau. On ne sait pas comment il est arrivé à Terry. Le malheureux est sourd et aveugle. Le violon, c'est la seule chose qu'il sait faire. Alors on le laisse jouer.

*
* *

Après avoir lu la lettre du capitaine Yoshikawa, O-miya avait compris comment cet homme avait dans l'ombre influé sur son destin. Il était proche du comte Itô, il était son messager personnel. À l'époque où la réputation de la geisha grandissait dans Kyoto grâce au son unique de Mille Larmes, elle était encore inconnue à Tokyo. C'était donc certainement le capitaine qui avait conseillé au comte de la rencontrer. Sans cette intervention, jamais le comte ne l'eût recommandée à l'empereur pour la mission en Europe. Le fait qu'elle avait été choisie parmi tant de candidats était une victoire de prestige pour Itô dans sa reconquête du poste de Premier ministre. Il avait à coup sûr ordonné à Yoshikawa de la surveiller étroitement pendant l'Exposition universelle pour éviter tout écart de conduite nuisible à son image auprès de l'empereur.

Le capitaine était fautif d'avoir caché à O-miya la vérité à propos de Mille Larmes. Sans cet instrument maudit, Wako serait toujours en vie, elle en était persuadée. Même si c'était par devoir qu'il avait dissimulé les lettres de Yamashiro, elle ne lui pardonnerait jamais ses mensonges.

Elle ne voulait plus penser à Yoshikawa. Elle se concentrait sur son travail et les dernières représentations à Paris.

Juste avant le départ pour Berlin, prévu le 10 novembre 1901, les membres de la troupe Kawakami profitaient d'un moment de détente et du soleil d'automne dans les jardins de la villa d'Auteuil. O-miya buvait un thé, prenant soin de tenir l'anse de la tasse en porcelaine entre le pouce et l'index de la main droite, et la soucoupe avec les doigts de la main gauche, comme le lui avait enseigné Sadayakko. Elle prit ensuite le journal japonais au-dessus d'une pile de revues. Il était daté du 15 août 1901. Elle feuilletait les pages, ne lisant que les titres. L'un d'eux cependant attira son attention : « Nuit criminelle à Gion ». L'article ne faisait que quelques lignes :

> Dans la nuit du 13 août 1901, un meurtre a été commis dans la maison de thé Shizu-chaya, située dans le quartier de Gion à Kyoto. La victime, une geisha connue sous le nom d'O-haru, 37 ans, aurait été étranglée pendant son sommeil. Le suspect se serait ensuite donné la mort. Son corps a été retrouvé près de la victime et a été identifié

comme étant celui du capitaine Kojiro Yoshikawa, 36 ans. Peu avant le meurtre, un incendie s'était déclaré dans le même quartier, dans l'atelier de Kansuke Katô, dit « le Borgne », 82 ans, fabricant réputé de shamisen. Kansuke Katô n'a pas été blessé, mais la totalité de ses instruments, pour la plupart des objets de grande valeur, ont été brûlés. Les autorités ont précisé qu'elles enquêtaient sur l'origine de l'incendie. Aucun lien n'a été établi entre le meurtre de la geisha O-haru et l'incendie de l'atelier de Kansuke Katô.

11

– 1905 –

Léon Azoulay, dans son bureau, révisait la liste définitive des phonogrammes. Au-dessus d'une étagère remplie d'ouvrages scientifiques, le phonographe dormait, inutilisé depuis longtemps. Cinq ans après l'Exposition universelle, la Société d'anthropologie avait décidé de fermer définitivement le Musée phonographique.

Le docteur Azoulay avait tenté plusieurs fois, sans succès, de sauver son musée.

En 1902, il avait alerté les membres de la Société :

> Le nombre des phonogrammes ne s'est pas accru depuis la campagne de 1900. La chose est fort regrettable, car, de plusieurs côtés, des collections phonographiques, semblables à la nôtre, sont en train de se former ; il serait pénible qu'après avoir été des premiers dans cette voie vous vous laissiez distancer. Je renouvelle donc les appels que j'ai faits tant de fois, en vain, j'ai le regret de le dire. Je prie les membres de la Société, et ceux qui s'intéressent à la linguistique et à ce mode

nouveau de collection ethnographique de vouloir bien nous adresser des phonogrammes.

En 1903, il restait convaincu que les phonogrammes avaient leur place dans les musées d'anthropologie. Il avait écrit à la Société :

> On peut compter que bientôt la France possédera partout des collections et musées phonographiques dont l'utilité est reconnue depuis longtemps, en dépit de quelques esprits malveillants.

En 1905, il avait perdu tout soutien. La fermeture du Musée phonographique fut votée à l'unanimité par les membres de la Société.

Il se rendit une dernière fois au musée pour vérifier que les phonogrammes étaient parfaitement emballés. On plaça les boîtes des cylindres en cire dans des caisses qui furent cloutées et sur lesquelles on appliqua le sceau « archives ». Léon Azoulay essuya ses lunettes ovales avec un chiffon qu'il tira de sa poche.

Les portraits sonores furent emportés dans un sous-sol où régnaient le silence et l'obscurité.

*
* *

À la fin du mois d'août 1905, Tommy partit en Caroline du Nord. Il marchait sur le sentier en direction du mont Pilot. Il avait emporté Étoile du Nord.

Gennaro Iucci lui avait accordé des jours de congé. Les affaires du luthier se portaient pour le mieux, l'atelier avait déménagé et comptait une trentaine d'employés.

Il posa son sac dans une clairière bordée de chênes blancs et s'allongea dans l'odeur du laurier de montagne. Les heures passèrent, le soir tomba. Des notes, venues de la forêt, dansaient autour des arbres. Tommy se leva et se laissa guider par la musique.

Lunsford Carter était assis devant sa modeste cabane, au pied du chêne millénaire. Il jouait de son banjo à trois cordes. Il s'amusait avec l'instrument, les notes s'envolaient.

— Tommy, sois le bienvenu.

— Content de vous revoir, Lunsford.

— Ça fait longtemps.

— Six ans.

Lunsford alluma un feu.

— Qu'as-tu fait pendant ces six années ?

— J'ai travaillé, j'ai fabriqué des instruments.

— Tu as un métier maintenant.

— Avant cela, j'ai voyagé de l'autre côté de l'Atlantique.

— En Afrique ?

— En Europe. Je vous ai rapporté deux choses. La première est un air du Japon. Ce pays est tellement loin d'ici qu'il faut parcourir deux océans pour s'y rendre.

Il reprit les notes qu'O-miya avait jouées dans le jardin du palais de l'Optique.

— C'est un beau morceau.

— Il est dans mes doigts pour toujours.

— Qui te l'a appris ?
— Une femme qui m'a sans doute oublié.

Tommy sortit ensuite de son sac le cadre emballé dans du papier journal que lui avait offert Fannie, la photographe.
— Voici la deuxième chose.
Lunsford retira soigneusement les feuilles froissées. C'était le portrait d'un jeune homme noir, d'une vingtaine d'années, portant un costume élégant. Son nom était écrit en bas du cadre :

Lunsford Junior Carter

— Mon fils.
Le vieil homme mit sa main sur l'épaule de Tommy.
Puis la musique remplaça les mots, ils jouèrent, plusieurs heures, jusqu'à ce que le feu s'essouffle.

*
* *

Une fine brume recouvrait le temple Sengaku-ji. De la mousse humide courait sur les pierres et les troncs d'arbres. La main d'O-miya tenait le bras de Yamashiro. Ils marchaient le long des sépultures grises des guerriers d'une autre époque. O-miya était devenue actrice, après avoir suivi des cours d'art dramatique dans l'école pour femmes fondée par Sadayakko à Tokyo. Yamashiro avait repris ses voyages, après être resté enfermé trois cents jours dans sa résidence de Naha.

Ils venaient dans ce cimetière pour la première fois. Ils avaient demandé où était la tombe du capitaine Yoshikawa. Le moine leur avait seulement répondu :

— Cherchez le chat.

Ils cheminèrent dans les allées et trouvèrent le félin, blanc comme neige, assoupi au pied d'une haute pierre en marbre qui portait l'inscription :

Capitaine Kojiro Yoshikawa (1864-1901)

Suivie d'un poème :

Du jour où mon cœur
Sans couleur s'est imprégné
Pour elle d'amour
J'ai le sentiment que plus
Jamais il ne déteindra[1]

Ils se recueillirent. Le chat les ignorait. Il se léchait les pattes. O-miya se pencha et lui caressa la tête. Il ronronna. Elle sortit de la manche de son kimono un ruban en soie et lui accrocha autour du cou. Le chat miaula et fila entre les tombes au son léger du tintement du grelot.

Ils se rendirent ensuite à Asakusa. Les onze étages de la tour « à l'assaut des nuages » qui dominait le quartier n'impressionnaient guère O-miya. *La tour Eiffel est bien plus haute.* Ils dépassèrent les baraques foraines, avançaient lentement dans la cohue. Un mendiant lisait les

---

1. Poème de l'homme de lettres Ki no Tsurayuki, Xe siècle.

lignes de la main, des jeunes femmes jouaient de l'harmonica, une vieille dame proposait des graines pour pigeons. Un vendeur marchait avec une grappe de ballons gonflés à l'hélium. Il trébucha. Les ballons s'envolèrent. O-miya les suivit du regard jusqu'à ce qu'ils disparaissent au loin.

Épilogue

– 2005 –

En pénétrant dans la salle du musée où étaient empilées une quarantaine de caisses en bois, j'ai commencé à m'inquiéter. J'en ai ouvert une au hasard et découvert dix boîtes contenant chacune un cylindre en cire. J'ai tout de suite regretté d'avoir accepté ce job d'été. L'annonce, pourtant, m'avait semblé intéressante :

Musée d'anthropologie de Paris
recherche étudiant(e) en musicologie
ou ingénierie du son pour numérisation
de documents sonores anciens.

En postulant, j'espérais une tâche facile qui n'occuperait que quelques heures de mes journées d'août. Je m'étais trompé.

Les caisses contenaient des vieux phonogrammes datés de 1900 et enregistrés pendant l'Exposition universelle de Paris. Mon travail était de convertir ces enregistrements au format numérique pour les rendre accessibles au grand public sur le site Internet des archives sonores du Centre national de la recherche scientifique. Je disposais pour cela d'un phonographe d'époque et d'un micro directement relié à un ordinateur. J'avais un mois pour convertir tous ces phonogrammes en fichiers MP3.

Au début, je fus frappé par la mauvaise qualité des enregistrements. Les cylindres en cire soufflaient, grésillaient, postillonnaient. J'ai tâtonné longuement avant de trouver les meilleurs paramètres pour échantillonner les phonogrammes. À la fin de la première journée, je n'avais numérisé qu'une dizaine de cylindres sur les trois cent quatre-vingt-huit que comportait la liste rédigée par le docteur Léon Azoulay.

Ce personnage m'intriguait. Comment avait-il pu accumuler autant d'enregistrements en moins de sept mois ? J'imaginais une sorte de savant ébouriffé, courant d'un pavillon à l'autre. Mais il n'était pas fou. La façon dont il avait classé les cylindres témoignait de sa rigueur scientifique. Le docteur Azoulay avait utilisé un système de couleurs pour distinguer les phonogrammes selon les continents. Il l'expliquait dans la notice qui précédait sa liste détaillée :

> Le couvercle porte sur une étiquette en caractères apparents le nom de la langue ou du pays dont on possède le phonogramme. On y voit en outre en abrégé les indications sur le contenu du phonogramme : Phon., pour phonétique. Conv., pour conversations. Mus., pour musique, etc. L'étiquette est de couleur différente suivant les continents : blanche pour l'Europe, jaune pour l'Asie, bleu foncé pour l'Afrique, verte pour l'Océanie, rouge ou rose pour l'Amérique.

Quand son écriture était effacée sur les boîtes, j'appliquais une nouvelle étiquette, de la même couleur que l'originale, et je notais le nom de l'enregistrement. Je nettoyais avec une extrême précaution la surface des cylindres qui une fois numérisés retourneraient à leur sommeil paisible.

Ainsi, pendant un mois, enfermé dans une pièce exiguë du musée d'anthropologie, je voyageais au fil des portraits sonores du docteur Azoulay. Des cylindres de cire s'élevaient les chants populaires du Viêt Nam, les lamentations sur les morts d'Algérie, le mezoued tunisien, les conversations paysannes du Chili, les hymnes guerriers de Dakar, les contes de Bretagne, la légende chinoise de Tao-Yuan-Min, la clarinette bosniaque, l'éloge du roi du Bénin, la poésie funèbre islandaise, les histoires pour enfants du Congo, la kora du Sénégal, les chansons des pêcheurs de Norvège, les airs d'amour iraniens, les chants à boire de Russie, les antiques légendes du Sri Lanka, les fables de Zanzibar, les marches militaires d'Asie centrale, les danses d'Angleterre, les proverbes chantés d'Inde, les poèmes des villageois suédois et les airs sifflés de Madagascar.

Fin août, j'avais numérisé trois cent quatre-vingt-huit phonogrammes.

*

* *

Il reste un dernier cylindre.

La boîte comporte le numéro *389* et une date, le *10 novembre 1900*. Aucune autre inscription, ni aucune pastille de couleur. Il n'est pas sur la liste. Un oubli ?

Je place le cylindre sur le phonographe.
D'abord, le silence, les grésillements.
Léon Azoulay, qui d'habitude introduit ses portraits avec quelques mots, se tait.
Puis le son d'un instrument.

C'est un shamisen.
Les notes sont belles, tristes.
La voix d'un autre instrument s'y mêle.
Les notes sont simples, joyeuses.
C'est un banjo.

O-miya caresse les cordes du shamisen avec son plectre. Tommy effleure les cordes du banjo avec ses ongles. Le shamisen pleure, le banjo sourit. Étoile du Nord console Mille Larmes.

Léon Azoulay n'a pas attribué de nom ni de couleur à ce phonogramme, à cause du mélange des instruments. Je respecte ce choix scientifique et décide de ne pas le numériser. Je replace le cylindre dans sa boîte et referme la caisse.

Note de l'auteur

O-miya et Tommy, Mille Larmes et Étoile du Nord sont imaginaires. Certains des hommes et des femmes évoqués ont existé, à commencer par Léon Azoulay. Pour ces personnages réels, je me suis appliqué à rester fidèle aux documents que j'ai pu consulter, tout en m'autorisant à inventer des propos et des épisodes de leur vie. J'espère que leurs descendants me pardonneront ces libertés.

L'ouvrage de Lesley Downer, *Madame Sadayakko : The Geisha Who Bewitched the West* (Gotham Book, 2003), a été une source d'inspiration et d'information inestimable que je me suis permis de citer à plusieurs reprises.

Au sujet de l'Exposition universelle, trois ouvrages m'ont aidé : *1900* de Paul Morand (Flammarion, 1931), *L'Exposition universelle de 1900,* sous la direction de Jean-Christophe Mabire (L'Harmattan, 2000), et *Paris 1900 : The Great World's Fair* de Richard D. Mandell (University of Toronto Press, 1967).

Sur les voyages au début du XXe siècle, j'ai consulté *Paquebots vers l'Orient* de Philippe

Ramona (Alan Sutton, 2001) et *Early Japanese Railways 1853-1914* de Dan Free (Tuttle, 2008).

J'ai découvert les photographies de « Fannie » Johnston dans l'étude de Bettina Berch, *The Woman Behind the Lens : The Life and Work of Frances Benjamin Johnston 1864-1952* (University Press of Virginia, 2000).

Sur les débuts du métro parisien, je me suis inspiré d'un article de Serge Basset, paru dans *Le Figaro* du 20 juillet 1900.

Le poème de Matsuo Bashô est traduit du japonais par Joan Titus-Carmel (Bashô, *Cent onze Haiku*, Verdier, 1998). Le poème de Ki no Tsurayuki est extrait du recueil de poésie classique *Kokin-shû* et traduit en français par René Sieffert (*Le Journal de Tosa* suivi de *Poèmes du Kokin-shû*, POF, 1993). Le poème de Takuboku Ishikawa est traduit du japonais par Yves-Marie Allioux (Takuboku, *Une poignée de sable*, Philippe Picquier, 2016).

Les écrits de Léon Azoulay sont tirés des *Bulletins et Mémoires de la Société d'anthropologie de Paris* publiés entre 1901 et 1903. Ses portraits sonores effectués pendant l'Exposition universelle de 1900 sont en libre écoute sur le site Internet du Centre de recherche en ethnomusicologie (CREM) : http://archives.crem-cnrs.fr/

Remerciements

Merci à Louise Danou, grâce à qui ce livre existe. Merci à Susanna Lea d'avoir cru en cette histoire. Merci à mes parents, à Sophie, à Nahoko. Merci aux personnes, dont Joséphine Simonnot, qui ont œuvré pour la conservation et la diffusion des portraits sonores du docteur Azoulay depuis leur création jusqu'à aujourd'hui.

12424

Composition
NORD COMPO

Achevé d'imprimer en Espagne
par CPI BOOKS IBERICA
le 22 avril 2019.

Dépôt légal : avril 2019.
EAN 9782290201107
OTP L21EPLN002503N001

ÉDITIONS J'AI LU
87, quai Panhard-et-Levassor, 75013 Paris

Diffusion France et étranger : Flammarion